El puente
de los tesoros

El puente de los tesoros

Óscar Rojo

1.ª edición: noviembre, 2017

© 2017 Óscar Rojo
© 2017, Sipan Barcelona Network S.L.
Travessera de Gràcia, 47-49. 08021 Barcelona
Sipan Barcelona Network S.L. es una empresa
del grupo Penguin Random House Grupo Editorial, S. A. U.

Printed in Spain
ISBN: 978-84-17001-24-7
DL B 18688-2017

Impreso por Egedsa

Todos los derechos reservados. Bajo las sanciones establecidas en el ordenamiento jurídico, queda rigurosamente prohibida, sin autorización escrita de los titulares del *copyright*, la reproducción total o parcial de esta obra por cualquier medio o procedimiento, comprendidos la reprografía y el tratamiento informático, así como la distribución de ejemplares mediante alquiler o préstamo públicos.

1

Era una noche de finales de enero de 1986 y en Madrid hacía un frío que pelaba. Marga y su hermano Martín salieron de la estación de autobuses y entraron en el primer bar abierto que encontraron. Marga pidió una hamburguesa con patatas fritas y una Fanta de naranja y Martín un par de filetillos de lomo adobado también con patatas fritas y una Coca-Cola. Con el estómago lleno y algo más de calor en el cuerpo se dirigieron a la plaza situada enfrente del bar, al otro lado de la calle, donde estuvieron haciendo tiempo confiando en que la noche pasara rápido.

—¿Y qué vamos a hacer cuando lleguemos al pueblo? —preguntó Marga con voz temblorosa.

—Iremos a Las Cepas. Pediré trabajo a los señores y todo volverá a ser como antes —dijo Martín con tono firme.

—Pero dijeron que no nos podíamos quedar —le recordó Marga.

—Nos aprecian, Marga. Y apreciaban a madre. Seguro que nos dejan quedarnos. Ya lo verás —dijo Martín.

Martín cogió de la mano a su hermana y la besó en la frente y eso a ella le produjo una agradable sensación de seguridad.

—Vamos a ese portal —señaló Martín— que aquí a la intemperie no hay quien esté.

Se pusieron al resguardo y se arrimaron el uno al otro para darse calor.

El frío y las tiritonas despertaron a Marga a traición. Amanecía. Martín no estaba a su lado, estaba fuera del portal mirando nervioso a un lado y a otro de la calle.

—¿Qué pasa, Martín? —preguntó Marga alarmada.

Cuando Martín se giró Marga pudo ver la desesperación en sus ojos.

—¡Las maletas! ¡No están! ¡Nos las han robado! —dijo Martín de forma atropellada.

En un principio Marga no calibró la magnitud del problema.

—¡Todo lo que teníamos estaba en esas maletas! —clamó Martín.

Y estalló en lágrimas...

El día antes por la mañana Marga y Martín metieron sus pertenencias, que no eran muchas, en dos maletas y abandonaron la finca Las Cepas en los Montes de Toledo. Después de morir su madre los señores les habían dicho, muy a su pesar, que tenían que dejar la casona. Martín les pidió trabajo a lo que respondieron, sin comprometerse a nada, que tal vez tuvieran algún quehacer temporal pero solo hasta que encontraran un nuevo hogar.

Mientras bajaban por la ladera que conducía al pueblo de Los Yébenes, Marga miraba a su hermano con la gran pregunta en sus ojos, «¿Y ahora qué vamos a hacer?». Pero él nunca decía nada. Seguía meditabundo y perdido en sus pensamientos. El director del colegio, conocedor de su tragedia, propuso recomendarles para un centro de acogida en Toledo, donde aseguró que estarían bien atendidos, y una hermana de su abuela les ofreció cobijo por un tiempo... Hubo quienes les brindaron su ayuda condicional pero los propósitos de Martín eran otros bien distintos.

Lo primero que Marga y Martín hicieron cuando llegaron al pueblo fue dirigirse al banco. El director, como sabía por lo que estaban pasando los chicos, no puso demasiadas objeciones para entregarles el millón y medio de pesetas que su madre tenía ahorrados. Martín los escondió dentro de una de las maletas, luego se dirigieron a la estación de autobuses, compraron dos billetes para Madrid y esperaron sentados en un banco.

—¿Adónde vamos, Martín? —preguntó Marga con el temor que a una niña le provoca lo desconocido.

—A buscar a mi padre —respondió él.

Forzó una sonrisa tranquilizadora, le pasó el brazo por encima del hombro y la estrechó en su regazo.

Camila Barrios Fonseca era la guardesa de la finca Las Cepas, famosa por ser la que más hectáreas de coto de caza ocupaba en los Montes de Toledo. Era la encargada de mantener en orden la casona y de atender a los señores y a los invitados en la temporada de caza. Los señores, un matrimonio de cincuentones, vivían la mayor parte del año en Madrid y solo se acercaban a los Montes de Toledo cuando la veda lo permitía. Mientras tanto Camila era la responsable de la limpieza y del mantenimiento esmerándose para que todo estuviera en perfecto estado cuando llegaran los cazadores. Era entonces cuando había más trabajo porque a las faenas habituales se le unían las de adecentar las habitaciones de los invitados, cocinar... y un sinfín de tareas para las que contaba con la ayuda de sus hijos Martín, de quince años, y Margarita, tres años menor que él.

Pasaban solos gran parte del año en medio del monte, lo que se hacía especialmente aburrido durante los inviernos. Era la misma situación que la del personaje Jack Torrance en la película *El Resplandor*. Al igual que él y su familia cuidaban del hotel Overlook en las temporadas invernales en las que permanecía cerrado al público, así lo hacían ellos en la enorme casa de la finca. Podrían atravesar corriendo con los ojos cerrados pasillos, habitaciones y recovecos sin toparse con un solo mueble o esquina. Se conocían de memoria cada rincón y cada detalle de la vivienda. Los fines de semana y los días que no había colegio a veces pasaban el rato jugando a un escondite absurdo en el que a quien le tocaba ligarla nunca lograba encontrar a quien le tocaba esconderse. Era tan difícil saber en qué escondrijo se ocultaban Marga, Martín o Camila que muchas veces, hartos de esperar, tenían que dejarse localizar si querían que el juego continuara.

Lo del colegio era harina de otro costal. Se veían obligados a caminar ladera abajo hasta la escuela del pueblo de Los Yébenes durante una hora larga, y eso si el tiempo lo permitía, porque en los días de tormenta o de nevada era imposible recorrer aquellos vericuetos. A veces Jeremías, uno de los trabajadores del coto, les bajaba a la escuela en el Land Rover. Pero esto solo sucedía cuando se abría la veda del venado.

A pesar de las penurias y de las estrecheces económicas que su madre se empeñaba en recordarles cada dos por tres, Marga era una niña feliz. Pero todo eso iba a cambiar.

Camila ya andaba renqueando a la entrada del otoño. Decía que era un catarro normal y corriente y que con aspirinas, mucha agua y reposo se le iría pasando. Pero no fue así. El catarro fue de mal en peor hasta el punto que parecía estrangularla y dejarla al borde de la asfixia. Martín llamó por teléfono al médico, pero la tormenta de nieve hacía imposible subir hasta la casona. Aun así Martín descendió hasta el pueblo en plena ventisca y se presentó en el ambulatorio al borde de la hipotermia. Tardó una eternidad en regresar con las medicinas que le prescribió el doctor. Pero ya era demasiado tarde. Marga no hacía más que llorar y rezar para que su madre se pusiera buena, pero también era tarde para la ayuda divina.

Cuando la tormenta amainó y la asistencia sanitaria pudo acceder a la finca, hacía ya varias horas que Camila no respondía. El médico solo pudo certificar su fallecimiento por neumonía el diecisiete de enero de 1986.

2

Tras la muerte de su madre Martín le contó a Marga muchas cosas que no sabía acerca de ella y algunas que ni siquiera imaginaba. Le dijo que había tenido un novio, Andrés Picazo Villarino. Estaban muy enamorados y después de varios años de noviazgo tomaron la decisión de casarse, pero una serie de aciagos acontecimientos truncaron la boda. El abuelo tuvo un infarto que su avanzada edad no pudo soportar. La abuela también había fallecido poco tiempo atrás de un cáncer de páncreas. El abuelo había sido jardinero en Las Cepas durante más de veinte años y los dueños de la finca, apiadándose de su única hija, ahora huérfana, le ofrecieron el trabajo de guardesa. El sueldo era pequeño pero con lo que sacara por la venta de la casa de los abuelos podría casarse, pagar el banquete y aguantar unos años sin problemas. Pero los planes de Andrés cambiaron. Un día se presentó en la finca y le dijo a Camila que se iba a Madrid en busca de mejor suerte. No podía soportar que su novia tuviera un trabajo y que él anduviera zanganeando por ahí. En Los Yébenes ya le señalaban como un «mantenido» y bien es sabido que, cuando se trata de chismorrear, la gente en los pueblos es muy cruel y hace mucho daño. Con el corazón destrozado Camila le dejó marchar sin ponerle un solo pero, ni siquiera el de que estaba embarazada de Martín.

Mermada en lo emocional y también cada vez más en lo físico, la descorazonada mujer sacó adelante el trabajo de la casa y a su hijo. Los dueños de la finca estaban muy contentos con su labor y, como prueba de ello, le ofrecían todo tipo de regalos: comida de la buena, alguna joya desechada por la señora, juguetes para el niño y, de cuando en cuando, algún que otro sobresueldo. Estaba tan emocionada con la actitud de los señores que no se daba cuenta de que todos esos agasajos eran una trampa de la que no iba a poder escapar. Camila era una mujer muy guapa, pequeñita pero muy guapa, y no tardarían en encapricharse de ella algunos de los invitados al coto de caza que no dudaban en lanzarle los tejos a las primeras de cambio. En más de una ocasión Martín le pilló encamada con alguno de los invitados. Y fruto de esas malsanas relaciones nació Marga.

Marga y Martín llegaron a Madrid a media tarde. Martín compró unos bocadillos y unas Coca-Colas en la cafetería de la estación y comieron tan ricamente. Después de una corta sobremesa salieron a la calle Méndez Álvaro y cogieron el Metro.

El gentío, los pasillos, las taquillas, el ajetreo, el sonido del tren al llegar, las puertas al abrirse... Marga estaba fascinada y creyó estar viviendo toda una aventura. Aunque ella nunca había viajado en el Metro, su madre ya le había hablado de él y en el colegio les habían contado que era el medio de transporte más utilizado en Madrid. Pero una cosa era escuchar la explicación y otra bien distinta estar allí dentro. En el interior del vagón no pasaron desapercibidos. Incluso algunos de los viajeros les miraban con cierta lástima. Su aspecto les delataba como lo que eran: dos hermanos recién llegados del pueblo con las maletas viejas y trazas de perdidos...

Se apearon en la estación del Puente de Vallecas y caminaron unos treinta minutos hasta su destino, un taller de cerrajería en cuyo cartel exterior se leía HERRAJES JIMÉNEZ. Para llegar allí Martín tuvo que preguntar varias veces por la calle en cuestión. La puerta del taller estaba abierta. Entraron al interior y enseguida un hombre con un mono de trabajo azul salió a recibirles.

—¿Qué queréis? —preguntó mientras se limpiaba la grasa de las manos con un trapo sucio.

—Estamos buscando a Andrés Picazo —dijo Martín.

El hombre les miró de arriba abajo.

—¡Andrés! —gritó girándose hacia el interior del local—. ¡Aquí hay unos chicos que preguntan por ti!

Y el hombre regresó a la faena. Poco después Andrés se presentó ante ellos con la duda en los ojos. Andrés era bajito, medio calvo y más bien rechoncho, de hecho no era más alto que Martín. Les observó un instante y luego se fijó en las maletas.

—¿Nos conocemos? —preguntó.
Martín pareció quedarse mudo.
—¿Se os ha comido la lengua el gato? ¿O qué? —se impacientó.
—Me llamo Martín... —titubeó—. Nuestra madre acaba de morir...
Marga pudo notar la tensión en cada palabra que su hermano pronunciaba.
—Eso es una desgracia pero no sé qué tiene que ver conmigo.
—Es que usted es mi padre —le dijo Martín.
Andrés esbozó una media sonrisa de incredulidad.
—¿Cómo se llamaba tu madre? —preguntó ahora intrigado.
—Camila Barrios —respondió Martín.
Andrés lanzó entonces un profundo suspiro.

Salieron del taller y se dirigieron a un bar situado tres números más arriba de la calle. Allí pidieron dos Coca-Colas y un café y tomaron asiento a la mesa más alejada de la barra.
—¿Y cómo pasó? —preguntó Andrés.
—Una neumonía —respondió Martín.
—¿Cuándo? —preguntó Andrés apenado.
—Hace diez días —dijo Martín.
Andrés tenía la mirada clavada en la taza de café como si tratara de encontrar en ella su discurso.
—No sabía que se hubiera quedado embarazada —le dijo Andrés visiblemente afectado.

—No quiso decírselo —dijo Martín encogiéndose de hombros.

Se quedaron en silencio un buen rato. Andrés observó a Martín buscando en él algún parecido congénito.

—Me habían dicho que tuvo un hijo... pero nadie me avisó de que fuera mío —dijo Andrés.

—Pues ya ve, aquí estoy —dijo Martín asintiendo con la cabeza.

Andrés volvió a clavar la mirada en la taza de café.

—Yo quería a la Camila —comenzó a decir como si hablara para sí mismo—. Si hubiera sabido que estaba embarazada no me hubiera ido del pueblo.

Martín lanzó una rápida mirada a su hermana que en ningún momento intervino en la conversación.

—¿Por qué creéis que me fui? —preguntó Andrés.

—Porque ella trabajaba y usted no —dijo Martín.

—Tal vez no lo entiendas porque todavía eres muy joven pero para mí era una situación muy difícil —se excusó Andrés—. Era mejor que me marchara.

—Sí que lo entiendo. Las habladurías... —le disculpó Martín.

—Las habladurías en un pueblo como Los Yébenes pueden buscarte la ruina —le interrumpió—. Pensé que en Madrid podría encontrar un buen trabajo y traérmela luego conmigo... pero las cosas no salieron como yo pensaba.

Andrés se quedó pensativo unos segundos.

—Mi madre me enseñó que hay que tomar la vida como viene y no como se quiere que venga —dijo Martín intentando que no se sintiera culpable.

—¿Eres su hermana? —le preguntó Andrés a Marga.

—Es mi hermana —asintió Martín.

—¿Y su padre? —siguió preguntando.

Ninguno de los dos respondió a la pregunta.

—¿La Camila no se llegó a casar? —preguntó Andrés intrigado.

—No —respondió Martín.

Volvieron a quedarse en silencio durante un buen rato.

—¿Supongo que tendréis algún familiar que se haga cargo de vosotros? —preguntó Andrés.

—Yo había pensado en usted —dijo Martín—. Como es mi padre...

Andrés lanzó un profundo suspiro, sacó su cartera de un bolsillo del mono de trabajo, extrajo una fotografía de ella y la puso encima de la mesa. La foto mostraba a dos niñas sonrientes, una de alrededor de siete años y la otra de no más de cuatro. Martín observó la imagen y de repente su rostro se tornó triste.

—Son mis hijas —dijo Andrés—. Tengo una familia...

Guardó la foto y se levantó de la mesa.

—¿Tenéis dinero para regresar al pueblo? Os puedo dar algo.

—Tenemos dinero, gracias —rechazó Martín.

Y Andrés se marchó del bar sin atreverse a mirar a su hijo.

Martín estaba desolado. Pensó en qué hacer si volvieran a Los Yébenes. Podría tomarle la palabra a su tía abuela y quedarse en su casa hasta tener claro adónde ir. También podría pedir trabajo en Las Cepas aunque solo fuera a cambio de cobijo y comida. O podría decirle al director del colegio que le hablara un poco más a fondo del centro de acogida en Toledo. Aunque ninguna de las opciones era de su agrado lo que sí concluyó es que, por el bien de Marga, lo mejor sería regresar al pueblo.

—Dos billetes para Los Yébenes, por favor... Solicitó Martín en la taquilla de la estación de autobuses.

—En cincuenta minutos sale el último autobús a Toledo, pero una vez allí el enlace con el autobús a Los Yébenes no efectúa su salida hasta las siete de la mañana —le informó la taquillera.

Martín observó que el reloj de la terminal de la estación marcaba las once y veinte de la noche.

—¿Y cuándo sale el siguiente autobús directo a Los Yébenes?

La taquillera escribió el destino en la terminal de su ordenador y esperó el resultado.

—El próximo autobús combinado Madrid, Toledo, Los Yébenes sale a las cinco y cuarto de la mañana con parada de treinta minutos en Toledo y hora prevista de llegada a Los Yébenes a las ocho treinta...

Martín dudó unos instantes.

—¿Qué pasa, Martín? —preguntó Marga con cierta preocupación.

—No, nada. No pasa nada —tranquilizó a su hermana.

—¿Quieres los dos billetes a Toledo? —preguntó la taquillera.

—No, prefiero esperar al autobús de las cinco y cuarto. Ya volveremos luego.

Esa noche, mientras dormían al resguardo del frío en un portal de la plaza Luca de Tena, les robaron las maletas y con ellas todo cuanto poseían.

3

Martín estaba resuelto a volver al pueblo. En Madrid no tenían nada qué hacer ni sabían adónde ir. Sacó su cartera del bolsillo del pantalón y comprobó que en el monedero solo le quedaban quince pesetas, el resto lo había guardado en las maletas. Caminaron desde la plaza Luca de Tena hasta Atocha y mientras lo hacían pedían dinero a todas las personas con las que se cruzaban. Pero no sacaron ni una peseta.

El día avanzaba y el hambre también. Siguieron caminando y pidiendo limosna y algo más consiguieron, pero poco más. Perdidos y desalentados, se sentaron a descansar en una esquina cerca de la calle Bailén.

—Tengo hambre, Martín —dijo Marga en un tono lastimero.

Martín sacó las monedas del bolsillo del pantalón y las contó.

—Veintiocho pesetas, más las quince del monedero son cuarenta y tres pesetas —se lamentó.

Guardó las monedas más grandes y dejó las pequeñas en el suelo, justo delante de ellos. Marga apoyó la cabeza en el hombro de su hermano, cerró los ojos y se durmió.

—¡Despierta, Marga! ¡Vamos, despierta!

Cómo no se iba a despertar la muchacha si su hermano le zarandeaba como si fuera un asno que se niega a caminar.

—¡¿Qué pasa?! —se sobresaltó.

—Hemos conseguido más dinero.

—¿Cuánto? —preguntó Marga adormilada.

Martín contó la sarta de monedas que algunos viandantes habían tenido en consideración darles.

—Pues yo creo que con poco más tendremos para unos bocadillos y unos refrescos —dijo Martín.

Para Marga esa fue la mejor noticia del día.

—¡Eh! ¡¿Qué hacéis vosotros aquí?!

Una pordiosera se plantó delante de ellos.

—Esta es mi esquina —dijo la mujer con severidad.

—La calle es de todos —replicó Martín.

—Esta no, esta es mía. Y el dinero que habéis ganado en mi calle también es mío. ¡Así que venga, ir soltando la manteca! —exigió la mendiga.

Marga se puso a llorar. De repente la mujer se quedó muda sin saber qué hacer ni qué decir.

—Señora, por favor, no nos quite este dinero —rogó Martín—. Mi hermana tiene hambre.

—¿No habéis ido al comedor social? —preguntó extrañada la mujer sin apartar los ojos de Marga.

No contestaron, entre otras cosas, porque ninguno de los dos había oído hablar nunca de comedores sociales.

—No sois de aquí —afirmó la mujer.

—No señora —dijo Martín—, somos de Los Yébenes.

—Eso está en Toledo... —comentó ella a modo de reflexión.

Observó a los chicos como si estuviera calibrando la situación antes de tomar una crucial decisión.

—En fin —dijo la mujer al mismo tiempo que lanzaba un profundo suspiro—. ¿Qué le vamos a hacer? Vamos a sentarnos aquí los tres juntitos a esperar lo bueno que nos traiga el día y mientras tanto me contáis lo que os ha pasado. ¡Y tú, niña, deja ya de llorar que los lloros no te van a dar de comer!

Aunque elevó la voz, en su tono había compasión. Marga se secó las lágrimas con la mano y se sentó en el suelo entre Martín y la pordiosera.

—Soy la Señorita Caridad. No se os ocurra llamarme Cari, ni Caridad, ni señora, ni nada de eso. Solo respondo a «Señorita Caridad»...

Puso un paño de color marrón en el suelo para recoger la limosna.

—Yo me llamo Margarita Barrios Fonseca.

—Yo Martín.

La Señorita Caridad tendría unos cuarenta años y era una mujer de figura poderosa y particularmente guapa.

—Contadme vuestra historia, esa que os ha traído hasta aquí —dijo la Señorita Caridad disponiéndose a escucharles.

Martín miró a su hermana como si le estuviera pidiendo permiso.

—¡Vamos, que no os dé vergüenza! Imaginaos que soy vuestra amiga y que me conocéis de toda la vida. —Le guiñó el ojo a Marga.

—Nuestra madre murió hace poco... —comenzó a decir Martín.

—¿Cómo era vuestra madre? —interrumpió la Señorita Caridad—. ¿Guapa o feucha?

—Guapa —confirmó Martín.

—Pues tienes que decirlo. Necesito hacerme una imagen mental.

—Vale —asintió Martín—. Después de morir...

—Espera... —volvió a interrumpirle—. ¿Era gorda o flaca? ¿Alta o baja? ¿Morena o rubia? ¿Joven o vieja...? ¡Especifica, coño!

—No era ni gorda ni delgada... —contestó Martín.

—Era delgada, mamá era delgada —dijo Marga soltando una risita.

—Más bien bajita —especificó Martín—, de pelo castaño y tenía treinta y seis años.

Esperó a que la Señorita Caridad le diera su aprobación.

—¡Vamos, sigue! ¡Que no tenemos todo el día! —apuró la mujer.

De vez en cuando pasaban personas que dejaban unas monedas sobre el paño. Otras incluso saludaban a la Señorita Caridad con cortesía como si ya la conocieran desde hacía tiempo.

—Mis abuelos murieron y mi madre era hija única... —continuó Martín.

—¿Y vuestro padre? —preguntó intrigada la Señorita Caridad.

Los hermanos se cruzaron un instante las miradas.

—Mi madre se quedó embarazada —dijo Martín— y su novio, sin saberlo, cortó la relación y se vino a Madrid...

—No me digas más... Y habéis venido hasta aquí para que tu padre biológico se haga cargo de vosotros y él os ha mandado a tomar por culo —dedujo la Señorita Caridad.

Marga volvió a soltar una risita.

—¿Cómo es él? —preguntó la Señorita Caridad.

—¡Imbécil, es imbécil! —saltó Marga—. Y bajito y calvo y gordo.

—A pesar de tu corta edad vas entendiendo cómo son los hombres. —La mujer le dedicó una sonrisa de complicidad.

A Marga le caía bien la Señorita Caridad.

—Pero eso no es todo, ¿verdad? —se dirigió ahora a Martín en tono consolador.

Martín negó con la cabeza.

—Anoche perdimos el último autobús y entonces... nos robaron las maletas —dijo Martín apesadumbrado.

La Señorita Caridad hizo una mueca de desagrado.

—Presas fáciles —pensó en voz alta—. ¿Teníais algo de valor dentro?

No hizo falta que ninguno de los dos contestara a la pregunta. Sus caras lo decían todo.

—¿Dinero? —preguntó la Señorita Caridad conociendo la respuesta de antemano—. ¿Cuánto?

Martín dudó unos instantes antes de responder.
—Un millón y medio...
—¡Toma castañas! —se sorprendió la Señorita Caridad—. ¡A alguien le ha tocado la lotería esta noche!
Se quedaron en un incómodo silencio tan solo roto por las palabras de agradecimiento que la Señorita Caridad le dedicaba a la gente que les ofrecía limosna.
—¿Y qué pensáis hacer? —preguntó la mujer después de un rato.
—Volver al pueblo... —se apresuró a decir Martín—. Cuando consigamos el dinero para los billetes.
—¿Tenéis familiares a quienes acudir? —preguntó la Señorita Caridad.
—Sí —respondió Martín.
—No —replicó Marga al instante.
—Marga, por favor... —le pidió Martín.
—No tenemos a nadie —insistió Marga encarándose a su hermano—. En la finca donde vivíamos y donde trabajaba mamá nos dijeron que no nos podíamos quedar...
—Me ofrecieron trabajo —interrumpió Martín.
—Nos estaban echando de la casona, Martín... —protestó Marga.
El chico bajó la cabeza porque sabía que su hermana tenía razón.
—... Una tía abuela nuestra nos dijo que podíamos quedarnos en su casa —continuó Marga— pero solo por un tiempo...
—¿Y después adónde iríais? —preguntó la Señorita Caridad.

Marga se encogió de hombros y Martín ni se atrevió a levantar la mirada del suelo.

—¡Mala bruja, vuestra tía abuela! ¡Así se hubiera quedado ella tirada en la puta calle! —maldijo la Señorita Caridad.

—Y luego está el director del colegio que nos habló de llevarnos a un orfanato en Toledo... —dijo Marga.

—Centro de acogida —corrigió Martín.

—Bueno, lo que sea —dijo Marga bastante enfadada.

—La verdad es que no os lo han puesto nada fácil —comentó la Señorita Caridad.

—Como de fácil nos lo pondrían para que mi hermano decidiera venir a Madrid a pedirle ayuda a un padre al que no conocemos y que ni siquiera es mi padre —dijo Marga indignada.

La Señorita Caridad se quedó pensativa durante un buen rato. Los chicos la observaban esperando un análisis, una opinión, un juicio, un consejo... o cualquier cosa que les ayudara a saber qué hacer.

—Mal asunto —dijo por fin—. Por lo que me habéis contado si volvéis a vuestro pueblo lo más seguro es que acabéis en ese orfanato de Toledo o mendigando. Lo del orfanato yo no lo querría ver ni en pintura y para mendigar, mejor mendigar en Madrid.

En ese momento Martín se puso a llorar y a Marga le dio tanta pena verle que a ella también se le saltaron las lágrimas.

—Martín, no llores —le rogó su hermana.

La Señorita Caridad sujetó a Martín por la barbilla y le levantó la cara.

—¡Eh! Tienes que ser fuerte y soportarlo. Por ti y por tu hermana.

El chico asintió con la cabeza y se secó las lágrimas con la mano. La Señorita Caridad recogió el dinero conseguido, se guardó el paño marrón y se levantó del suelo.

—¿Habéis oído hablar de la Chocolatería San Ginés...? Pues hoy vais a comer allí.

Entonces Marga también dejó de llorar.

A su paso por la iglesia San Ginés de Arlés, a Marga le llamó la atención el mendigo postrado en la escalinata del pórtico principal. Con la mano tendida y la cabeza gacha, el indigente no paraba de gimotear cada vez que se le acercaba alguien.

— Se llama Doru y es rumano... —le aclaró la Señorita Caridad a Marga percibiendo su interés.

Se detuvieron unos instantes enfrente de la iglesia.

—... Pertenece a una mafia que controla los mejores sitios, los que más dinero dan —continuó la Señorita Caridad—. Si se te ocurre pedir limosna en alguna zona controlada por esa mafia, te has caído con todo el percal.

—¿Qué puede pasar? —preguntó Martín.

—Primero que te quitan el dinero que hayas ganado y segundo que te llevan a un lugar escondido y te dan una paliza. Eso con suerte. Conozco a quienes les han cortado un dedo para que jamás vuelvan a mendigar en una de sus zonas. Mala gente —les advirtió la Señorita Caridad.

—¿Qué pone en el cartel que tiene delante? —preguntó Marga con curiosidad.

—Cada vez una cosa: «Vivo de la misericordia de la buena gente.» «Estoy enfermo y necesito ayuda para medicinas.» «Tengo dos hijos que no tienen para comer...» Cosas así —respondió la Señorita Caridad.

—¿Es verdad? Lo de los hijos —preguntó Marga intrigada.

—Es un engaño —aclaró la Señorita Caridad—. No tiene hijos, ni él ni la mayoría de los que mendigan con críos. En ocasiones se pone a pedir enfrente de la iglesia con uno o dos niños de no más de tres años, a veces con bebés de meses, pero no son suyos. La mafia se los alquila a cambio de una mayor parte de la recaudación.

—Pero eso no está bien —protestó Martín.

—¿Para quién? ¿Para la mafia o para Doru? —sonrió burlona la Señorita Caridad—. Con un niño las ganancias se multiplican por dos o por tres. Y con un bebé, en una mañana de domingo, puedes sacar para toda la semana.

—¡Madre mía! —se indignó Martín.

—Doru, pidiendo limosna enfrente de la iglesia una media de cuatro horas al día, puede estar consiguiendo unas doscientas cincuenta mil pesetas al mes, pero dos tercios son para la mafia —dijo la Señorita Caridad.

—Eso quiere decir que gana más de ochenta mil pesetas al mes —dijo Martín después de hacer un rápido cálculo mental—. ¡Eso es más de lo que ganaba mi madre trabajando como una mula!

Martín estaba escandalizado y Marga no acababa de entender todo ese asunto de los dineros.

—Y Doru no vive solo —continuó la Señorita Caridad—. Vive con dos hermanos más que aportan una cantidad parecida.

—Con todo ese dinero yo dejaría de pedir y montaría un negocio... —empezó a decir Martín.

—No pueden hacerlo —le interrumpió la Señorita Caridad—. La mafia les da un buen sitio para mendigar, ayuda y protección. Pero todo eso les compromete, no solo a entregar una parte de las ganancias, sino a permanecer con ellos hasta que la mafia lo decida.

—Pero ¿y si aun así lo dejan? —preguntó Martín.

La Señorita Caridad levantó la mano derecha y mostró los dedos.

—Un dedo, una mano, en ocasiones un pie...

—¡Qué horror! —exclamó Marga.

—Aunque eso, hablando de dinero, no es del todo malo —continuó la Señorita Caridad—. Un mendigo sin dedos o sin un pie despierta la compasión de las personas y las limosnas crecen. Un mendigo tullido gana mucho dinero.

—¿Y cómo sabe usted todo eso? —quiso saber Martín.

—Entre los mendigos no hay secretos —sonrió.

Marga y Martín se quedaron pensando en las palabras de la Señorita Caridad.

—Pero dejemos esto ahora y ocupémonos de nuestros estómagos —dijo la mujer cambiando de tema.

A unos pocos metros de la iglesia San Ginés de Arlés se encontraba la Chocolatería San Ginés.

—Esperad aquí un momento...

Los tres permanecieron junto a la entrada del establecimiento. La Señorita Caridad oteó el interior hasta localizar tras la barra a uno de los camareros en particular. Le hizo una señal y le saludó con la mano.

—Le conozco —dijo la Señorita Caridad refiriéndose al camarero—. Ya veréis qué bien nos da de comer.

Marga sonrió agradecida mientras que Martín se sentía algo avergonzado.

—Es mejor quedarnos fuera, ¿sabéis? A la gente no le gusta tener cerca a nadie que no se duche a diario —comentó sarcástica la Señorita Caridad.

El camarero apenas tardó un minuto en salir a su encuentro.

—¡Señorita Caridad! —se alegró de verle—. Veo que hoy no vienes sola.

—Estos son mis niños Marga y Martín. Y este chico tan guapo es Benjamín —les presentó.

—Hoy no está el jefe —dijo Benjamín bajando la voz—. Así que sentaos y disfrutad del menú.

El camarero volvió al interior del bar. Marga, Martín y la Señorita Caridad se sentaron a un par de metros de allí en unas escaleras de piedra frente a un enorme portón de madera.

—Esta es la entrada de empleados de la discoteca Joy Eslava, la más famosa de todo Madrid —explicó la Señorita Caridad.

Al cabo de unos minutos Benjamín llegó con una bandeja de comida.

—Un bocadillo de jamón y queso y una Fanta de naranja para ti...

Se lo dio todo a Marga.

—Otro bocadillo de jamón y queso y otra Fanta para ti...

—Muchas gracias... —agradeció Martín.

—Y otro bocadillo y una cerveza para la mujer más guapa que he conocido nunca.

—Apúntalo en la lista —bromeó la Señorita Caridad.

—Me lo apunto aquí —dijo Benjamín llevándose la mano al corazón.

Le dedicó una sonrisa sincera a la Señorita Caridad y regresó al interior de la chocolatería.

—¿Está enamorado de usted? —preguntó Marga picarona.

—¡No, Cielo Santo! —contestó la Señorita Caridad con la boca llena—. Él es un buen hombre y un buen católico. Hace esto por...

Buscó la palabra.

—Misericordia. —Se encogió de hombros.

Marga aceptó la explicación y se dedicó por entero al bocadillo de jamón y queso. No hubo pasado mucho tiempo cuando Benjamín llegó con otra bandeja.

—Y para dar la bienvenida a tus niños, la especialidad de la casa —dijo el camarero.

—¡¿Chocolate con churros?! —exclamó Marga encantada.

Benjamín le entregó la bandeja a la Señorita Caridad y volvió a sus quehaceres tras la barra del bar.

—Chicos, ahora vais a probar algo bueno de verdad —advirtió la Señorita Caridad mientras repartía las tazas.

Martín parecía hipnotizado mojando los churros en el chocolate y comiéndolos a grandes bocados. Y a Marga le parecía estar degustando trocitos de cielo. Cuando terminaron, la Señorita Caridad se acercó a la entrada de la chocolatería, avisó a Benjamín, le devolvió la bandeja, hablaron unos instantes y se despidió de él hasta otro día.

—¿Cuánto le ha costado la comida? Se lo pagaremos muy pronto —dijo Martín obligado.

—¡Anda, deja de decir tonterías! No tenéis que pagarme nada. Además, cuando no está el jefe no me cobra ni una peseta —dijo la Señorita Caridad quitándole importancia al asunto.

Solo con el paso del tiempo Marga llegó a ser consciente de la enorme suerte que tuvieron de haberse encontrado aquel día con la Señorita Caridad.

4

Era difícil saber dónde arreciaba más el frío si en los Montes de Toledo o en el centro de Madrid. La Señorita Caridad sabía muy bien cómo soportar las inclemencias del invierno envuelta en capas y capas de ropa como si fuera una cebolla, pero Marga y Martín no fueron tan previsores con el tiempo al dejar su pueblo.

Después de comer en la Chocolatería San Ginés se dirigieron a un pequeño parque resguardado del frío y mientras Martín no hacía más que dar cabezadas del sueño que tenía, Marga escuchaba con el máximo interés las enseñanzas y consejos de la Señorita Caridad que, dicho sea de paso, no paraba de hablar.

Diecisiete años antes Caridad González Esquinas había sido seleccionada para trabajar en una importante compañía de seguros como secretaria de dirección. No tenía una carrera universitaria pero sí una completa formación en mecanografía, taquigrafía, contabilidad básica y gestión de archivos. Según el director de personal, lo que le hizo destacar del resto de las candidatas al puesto fue su simpatía y su don de gentes. Aunque las verdaderas razones de su contratación fueron el volumen de su pecho y sus largas piernas.

Como mujer despampanante que era, Caridad estaba acostumbrada a espantar a los «moscones» y, si era conveniente, a evitarlos sin herir sus sentimientos. Por eso no tuvo excesivos problemas para librarse de todo aquel que se acercara a su mesa de trabajo en busca de sus favores. Y lo cierto es que había desarrollado una extraordinaria habilidad para salir airosa de cualquier acometida por complicada que fuera. Ella sabía que mantener relaciones en el lugar de trabajo era una mala idea que podía costarle caro. Y así, trabajando duro y «toreando», al cabo de un año llegó a ganarse el respeto de la mayoría de sus compañeros.

Pero lo que tenía que suceder, sucedió. Una tarde su jefe, el director del área de reaseguros y también un pájaro de cuidado, le pidió que se quedara en la oficina después del horario de salida porque tenía que elaborar un documento que debía entregar al día siguiente a un importante cliente. Caridad, que se las sabía todas, estaba convencida de que ni había documento ni nada por el estilo y que toda esa patraña del cliente importante no era más que una excusa para meterle mano. Aun así no puso ninguna objeción en quedarse. Cuando entró en el despacho lista para tomar apuntes, el director le recibió con el pene en ristre. Lejos de escandalizarse o de hacerse la sorprendida, Caridad, con mucha calma y templanza, le mintió diciéndole que era un hombre muy atractivo pero que ella se reservaba para el matrimonio. Y apostilló diciendo que era una mujer muy religiosa y que sus creencias no le permitían devaneos. Muerto de vergüenza el director se guardó la polla y se disculpó prometiendo no volver a intentarlo. Pero la mala fortuna se iba a ensañar con la eficiente secretaria.

Era un viernes de finales de julio y Caridad González Esquinas se disponía a disfrutar de su mes de vacaciones. Aquella tarde regresaba en Metro a su casa de alquiler en el barrio de Tetuán donde vivía con sus padres, él ya jubilado y ella ama de casa de las de toda la vida, cuando le asaltó una duda que poco a poco se fue convirtiendo en obsesión. No lograba recordar si había guardado la agenda bajo llave o si, por el contrario, la había olvidado encima de la mesa a la vista de cualquiera. En ella tenía anotados los compromisos de su jefe a la vuelta de vacaciones así como un montón de datos importantes, muchos de ellos confidenciales. De extraviarse podría llegar a tener serios problemas. Sin dudarlo un instante se bajó en la siguiente estación, cambió de andén y regresó a la oficina.

Cuando entró en el *hall* del edificio el vigilante jurado encargado de la guardia nocturna ya había ocupado su lugar en la recepción. Como era su obligación, acompañó a Caridad hasta la décima planta, donde se encontraba la compañía de seguros, y le abrió la puerta de la oficina. Luego regresó a la centralita de la planta baja. La secretaria se dirigió a su puesto de trabajo y ¡allí estaba la agenda!, encima de la mesa y a la vista de todos. ¡Menudo descuido! La guardó en el bolso y cuando estaba a punto de salir por la puerta oyó un murmullo. Dio media vuelta y avanzó despacio por el pasillo afinando el oído. El sonido procedía del despacho del director de reaseguros. Miró el reloj: las nueve y cuarto. En ese momento le pareció escuchar a su jefe lanzar una especie de tosecilla ronca. Se relajó y caminó con decisión hasta el umbral del despacho. La puerta estaba entreabierta.

—¡Soy yo, Caridad! —anunció—. He venido a coger la agenda que...

Cuando vio a su jefe en pelotas follándose a la nueva auxiliar administrativa del departamento de cobros, al menos treinta años menor que él, se quedó petrificada. No sabía qué hacer, si echarse a reír por lo esperpéntico de la situación o si dar media vuelta y largarse de allí como si no hubiera visto nada. El director de reaseguros dio un respingo, se tapó su erección con las manos y se apresuró a vestirse. La misma prisa se dio la auxiliar administrativa que se levantó rápidamente del sofá y, con el pudor que le provocaba mostrar sus encantos, cogió su ropa y se escondió tras la librería.

—Tranquilos. Yo ya me iba...

Caridad le quitó hierro al asunto.

—Nosotros también nos vamos —comentó el jefe—. Mañana hablamos.

Estaba nervioso y visiblemente avergonzado.

—Mañana es sábado y, además, estoy de vacaciones —dijo Caridad.

—Pues hablaremos a tu vuelta —insistió él.

El director de reaseguros acabó de vestirse y salió del despacho sin levantar la mirada del suelo. La auxiliar administrativa le seguía de cerca.

Tras las vacaciones Caridad volvió al trabajo. No se había sentado todavía cuando ya estaba sonando el teléfono. Era su jefe.

—Hola —saludó Caridad con una sonrisa nada más entrar en el despacho—. ¿Qué tal las vacaciones?

—Esto... bien, bien —dudó él.

—¿Querías hablar conmigo? —preguntó ella.

—Sí, siéntate, por favor. —Le señaló el sofá donde estuvo follando.

Caridad tomó asiento con cuidado de no hacerlo sobre algún resto de la actividad sexual. El director se levantó del escritorio y se sentó enfrente de ella.

—He hablado con Álvaro, el director de personal. Dice que últimamente ha habido algunas quejas de otros departamentos referidas a tu método de trabajo —dijo el jefe.

—Pues no entiendo esas quejas. Yo sigo el método que tú me has marcado, ni más ni menos —se defendió Caridad.

—Sí, bueno, pero a veces hay que tener un poco de cintura —dijo el jefe—. Con respecto a lo que viste...

—No es necesario que me des ninguna explicación —le interrumpió Caridad.

—No, no es eso...

—Por mí no tienes de qué preocuparte —volvió a interrumpirle Caridad—. Así que no te agobies.

Lo que es indudable es que en ese momento ella pensaba cosas como «¡Pedazo de cabrón asaltacunas! ¡¿No te da vergüenza tirarte a una tía que podría ser tu hija?! ¡A que se lo digo a tu mujer, so cerdo!»... Pero era su jefe y tenía que hacer como que no pasaba nada.

—No es por ti, Caridad. Es por mí —dijo él muy serio.

En ese momento Caridad empezó a sentirse incómoda.

—No comprendo —dijo Caridad frunciendo el ceño.

—Es algo que no debería haber ocurrido y, lo que es peor, que no deberías de haber presenciado —continuó él.

—¿Adónde quieres ir a parar? —preguntó Caridad.

El director no contestó a esa pregunta. Se limitó a mirar a su secretaria fijamente a los ojos.

—La has despedido... A la chica... La has echado a la calle —afirmó Caridad escandalizada.

—Tengo una reputación. Si mi imagen se ve manchada, todo se hunde. Podría perder a mi familia, a mis amigos, podría perder la posición que tanto me ha costado ganar. No puedo permitirlo —se excusó.

—¿Temías que te chantajeara? ¿Por eso la has despedido? —preguntó Caridad indignada.

—No, por supuesto que no. Ella no tiene credibilidad. La iba a despedir de todas formas después de echarle unos cuantos polvos —contestó el jefe con arrogancia.

«¡Menudo cabrón!», pensó Caridad.

—... Pero tú eres diferente. De ti no me fío —dijo el jefe sin apartar los ojos de ella.

—Yo nunca utilizaría algo así contra ti —le aclaró Caridad.

El director de reaseguros se recostó en su asiento como si quisiera darle a entender que ya había tomado una decisión y que era irrevocable.

—No, no, no... No puedes hacerme esto —se inquietó Caridad.

—Estuviste en el lugar erróneo en el momento equivocado. Tienes que irte —le explicó.

Caridad se sentía víctima de la peor de las injusticias.

—Tengo una enorme capacidad para olvidar lo que haga falta —comenzó a decir Caridad levantando las manos en señal de calma—. De hecho ya lo he olvidado, ¿ves? ¿De qué va esta charla? ¿De qué discutimos? ¿De lo que pasó en tu despacho? ¿Qué es lo que pasó? ¿En qué despacho? Yo estaba en casa. ¿Y tú? Estabas jugando al golf con un cliente o en misa con tu familia, o de...

—Déjalo ya. No te pongas en ridículo —le interrumpió—. Tu finiquito está preparado en el departamento de personal.

El director se levantó y volvió tras su escritorio dando por zanjada la conversación. Caridad podría haber estallado en cólera, haber gritado, haberse lanzado sobre él, haberle arañado la cara..., sin embargo, la noticia de su despido la dejó sin fuerzas y agotada como si hubiera corrido un maratón justo después de escalar el monte Aneto. Aunque se habría sentido mucho peor de haber sabido la que se le venía encima.

Con el fin de justificar el despido y de salvaguardar su integridad moral, el director de reaseguros inició una campaña de descrédito contra Caridad que le llevó a hablar con el presidente de la compañía y a contarle que su secretaria se le había insinuado en varias ocasiones y que de hecho se acostaba con, prácticamente, cualquiera que se lo pidiera. Para corroborar su versión el director compró el testimonio de varios empleados, incluidas algunas mujeres que aseguraron ante el máximo responsable de la empresa haber pillado a Caridad *in fraganti*. Ni siquiera le dieron la opción de pleitear por un despido improcedente.

El presidente habló con sus colegas del Círculo de Empresarios pidiéndoles que se abstuvieran de contratar a semejante pendón. Estos hablaron con otros colegas y estos a su vez con otros... y así se creó una cadena de difamaciones que acabó poniendo demasiadas barreras a la vida profesional de Caridad González Esquinas.

Buscó trabajo de secretaria, de dependienta, en la limpieza... pero la mala suerte pareció cebarse con ella de tal forma que siempre había alguien más apta para el puesto.

Sin prestación por desempleo, sin trabajo y con escasas posibilidades de conseguirlo, solo pudo aguantar un par de años. Su padre cayó enfermo y murió a los pocos meses, la exigua pensión que le quedó a su madre no llegaba ni para pagar el alquiler del piso y, con el tiempo, también los vecinos se hartaron de hacerles favores. Caridad no tuvo más remedio que ingresar a su madre en una residencia para la tercera edad que, dicho sea de paso, se quedaba con las dos mil pesetas mensuales de la pensión de viudedad. Tuvo que dejar su casa de Tetuán por el impago del alquiler y cuando miró a su alrededor se encontró sola y sin nadie a quien pedir ayuda. Llamó a algunas puertas pero todas estaban cerradas para ella. La rabia, la desesperación y el odio a los hombres impregnaron de negatividad su vida. Y de esta manera tan triste Caridad González Esquinas acabó prostituyéndose para sobrevivir.

Durante años frecuentó un popular prostíbulo conocido como el Portal de Valverde cerca de la Gran Vía. Pero del dinero que ganaba vendiendo su cuerpo, poco era para ella. La mayor parte era para los «chulos» y lo que le quedaba era lo justo para comida, ropa, algo de alcohol... Un día se hartó de clientes babosos, de enfermedades venéreas, de «chulos» explotadores, de dormir en camas infectadas de chinches... y de sufrir. Ese día dejó la vida de puta y comenzó la de vagabunda. Ese día enterró a Caridad González Esquinas y nació la Señorita Caridad.

Habían comido pronto y sus estómagos comenzaban a reclamar ya su siguiente dosis. La Señorita Caridad llevó a Marga y a Martín a un comedor social situado cerca del parque donde se encontraban, en la calle Doctor Cortezo. Aunque era más bien la hora de la merienda, se podía decir que cenaron lentejas y pollo frito. A los hermanos Barrios les supo a gloria.

—¿Qué vamos a hacer ahora? —preguntó Marga con voz lastimera.

Se acercó a Martín y le cogió de la mano.

—No quieres quedarte sola, ¿verdad? —dijo la Señorita Caridad entendiendo su temor.

Marga negó con la cabeza. La Señorita Caridad pensó unos instantes sin apartar la mirada de la niña.

—Esta noche me quedaré con vosotros —dijo la Señorita Caridad con fingida indiferencia—. Os llevaré a un sitio donde podáis dormir y mañana será otro día.

Salieron del comedor social y caminaron algo menos de un kilómetro hasta el viaducto de Segovia. En torno a las columnas que sustentaban el puente convivían otros mendigos, hombres y mujeres de diferentes edades que, por la cantidad de trastos que acumulaban, parecían haber encontrado allí su hogar. La Señorita Caridad llevó a Marga y a Martín hasta una de las pilastras más resguardadas.

—Este es mi rincón y aquí os quedaréis a pasar la noche —dijo con orgullo.

Dos colchones, uno encima del otro, tablones de madera, una palangana, botellas de agua, un hornillo de camping gas, ropa, revistas atrasadas, un carro de la compra lleno de cachivaches...

—¡Madre mía! ¡Cuántas cosas! —exclamó Martín.

—Y todas sirven para algo —sonrió la Señorita Caridad—. Vosotros dormiréis ahí.

Puso los dos colchones uno al lado del otro y señaló al más grande. Luego cogió un par de mantas del carro de la compra y se las dio a Martín.

—... Y con esto no pasaréis frío.

—Yo... esto... —titubeó Martín—. No sé cómo podré agradecerle...

—¡Vamos, cállate! Siempre con la misma cantinela —le interrumpió la Señorita Caridad—. No es a mí a quien se lo tienes que agradecer. Es a Él.

Y señaló al Cielo con el dedo. De entre los enseres cogió un brik de leche, lo abrió por la esquina y se lo bebieron entre los tres. Después Marga y Martín se acostaron y, tapados con las mantas y acurrucaditos el uno contra el otro, se durmieron en un santiamén.

5

Habían pasado dos semanas desde que se encontraron con la Señorita Caridad y desde entonces la mujer no les había dejado ni a sol ni a sombra. Marga ya casi se había acostumbrado a sus nuevas rutinas diarias. Por la mañana se levantaban y lo primero que hacían era desayunar en el viaducto. La Señorita Caridad calentaba leche en el infiernillo y se la tomaban con galletas de chocolate, bollos o con pan de molde. Luego iban a pedir limosna a la calle Sacramento, cerca de la catedral de las Fuerzas Armadas. No lo hacían justo a la salida de la iglesia porque el sitio ya estaba ocupado por un gitano. Ahí echaban toda la mañana. Gracias a Marga y a Martín los donativos se incrementaron de manera sustancial, algo que la Señorita Caridad valoraba enormemente. A continuación comían en la Chocolatería San Ginés, en Los Arcos en la plaza Mayor... y a veces en el Mercado de San Miguel. En todos estos sitios siempre había alguien que les daba de comer gratis. No podían elegir menú pero la comida era buena. Después hacían una larga sobremesa en alguno de los parques aledaños y, si se terciaba, pedían algo más de limosna. A eso de las cinco y media cenaban en el comedor social Ave María de la calle Doctor Cortezo y aproximadamente a las nueve de la noche acudían a la calle Tahona de las Descalzas donde dos veces por semana, Gloria, una dependienta del supermercado de El Corte Inglés, les entregaba una bolsa llena de productos a punto de caducar, generalmente latas de conservas, leche, zumos, galletas, bollería y fruta reblandecida. Además, una vez al mes, Silvia, de la planta de oportunidades les daba un montón de ropa «defectuosa» que a ellos les parecía como nueva. El caso es que, con el tiempo, la Señorita Caridad se había ganado a un grupo de personas caritativas que le proveían de, prácticamente, todo cuanto necesitaba de manera desinteresada.

Esa tarde Pedro Trujillo Valcárcel no se podía concentrar en los números. Consultó su reloj y vio que apenas habían pasado un par de horas desde la última vez que se tomó un par de optalidones. La fiebre no remitía, estaba sudando y el dolor de cabeza no se le pasaba.

—¿Deberías irte a casa? —le recomendó su compañera Charo.

—No puedo, tengo que terminar esto —se lamentó.

—¿Qué es? —se interesó la mujer.

—El balance semanal de la venta de carburos —contestó Pedro.

—¿Tienes todas las cuentas? —preguntó Charo.

—Aquí están todas —señaló el montón de facturas que tenía encima de la mesa.

—Ya lo hago yo —se ofreció Charo—. Tú vete a casa y métete en la cama.

—¿Estás segura? —preguntó Pedro agradecido.

—Claro que sí. Pero me debes una —sonrió.

Pedro salió de la oficina, cogió el autobús de línea y durante el trayecto dormitó un poco con la cabeza apoyada en la ventanilla. Pasaban unos minutos de las cuatro de la tarde cuando llegó a su casa en el barrio de Arganzuela. Entró en el portal, subió por las escaleras hasta el segundo piso, abrió la puerta y se fue directamente al dormitorio con la intención de meterse en la cama y dormir.

Ni su mujer ni su amante se percataron de que Pedro les estaba observando como una estatua de piedra desde el umbral de la habitación. El hombre se quedó allí de pie sin decir ni una sola palabra y sin apenas respirar hasta que la mujer abrió sus ojos embriagados de sexo y vio a su marido. Ella tampoco dijo nada. Se limitó a quitarse de encima a su amante y a exhibir avergonzada su desnudez. Las preguntas eran evidentes en la mirada de Pedro pero ninguna salió de su boca, quizá porque se sentía con derecho a recibir las respuestas sin la obligación de preguntar. El imprevisto invitado se vistió sin prisas, le dio un beso en los labios a la mujer y después se marchó de la casa dedicándole una sonrisa retadora al cornudo marido.

—Pablo está a punto de salir del colegio...

Fue lo único que su mujer se atrevió a decir.

—Tengo que ir a buscarlo —dijo levantándose de la cama sin tan siquiera mirarle a la cara.

Cuando su esposa se fue a recoger a su hijo, Pedro salió de la casa y se puso a caminar intentando aclarar las ideas. Pero cuantas más vueltas le daba a la cabeza menos sentido le encontraba a todo. Se sentó en un banco, se tomó un antibiótico y dos optalidones e hizo un recuento de lo que era su vida, de lo que tenía, su trabajo, sus amigos, su familia, su hijo... Tal vez fuera por la fiebre o por haber descubierto a su mujer encamada con otro, pero esa tarde y en ese momento le resultaba difícil encontrar algo a lo que aferrarse.

Se había hecho de noche y hacía mucho frío, además, con el disgusto se le había olvidado el abrigo en casa. Estaba ardiendo y el dolor de cabeza se le hacía insoportable. Se tomó otro antibiótico, otros dos optalidones y siguió caminando. Avanzó con pasos lentos e imprecisos hasta situarse en el borde del viaducto de Segovia. Allí se tragó las doce pastillas que le quedaban y esperó a que se produjera la reacción en su organismo. Después de unos minutos, cuando los mareos ya estaban a punto de hacerle perder la conciencia, Pedro se arrojó al vacío.

El sonido del cuerpo al quebrarse contra el suelo despertó a Marga y a Martín. Horrorizada ante la visión de aquel cadáver retorcido en formas imposibles delante de ellos, la niña cerró los ojos y se abrazó a su hermano con todas sus fuerzas. La Señorita Caridad acudió enseguida a ofrecerles su apoyo.

—¡No miréis! —les recomendó la mujer.

—¡No lo hacemos, Señorita Caridad! ¡Le prometo que no lo hacemos! —dijo Martín cerrando también los ojos.

El viaducto de Segovia era uno de los lugares más solicitados por los indigentes de Madrid. La vida allí tenía bastantes ventajas y pocos inconvenientes. Dentro de las ventajas estaba la seguridad que brindaba vivir dentro de una comunidad más o menos numerosa. Echar a un indigente de un puente no era difícil pero echar a dieciséis, que eran exactamente los que compartían espacio en el viaducto, resultaba bastante más complicado incluso para las autoridades. La convivencia no siempre era fácil pero, en general, reinaba cierta solidaridad que, en la mayoría de las ocasiones, permitía vivir en armonía. Pero esa no era la principal ventaja. Lo que hacía del viaducto un lugar especial eran los suicidios. El viaducto era el lugar elegido por los desdichados para acabar con sus vidas. Lo más terrible para algunos era escuchar el sonido de los cuerpos al estrellarse contra el suelo a unos pocos metros de donde dormían. Sin embargo, tras este atroz espectáculo había motivos de celebración. La mayoría de los suicidas se precipitaban al vacío con anillos, relojes, collares... y a veces también con las carteras llenas. Por eso llamaban al viaducto «El puente de los tesoros». Y cuando venían las ambulancias, la policía y todo eso a recoger los cadáveres, los mendigos ponían cara de no haber roto un plato en su vida y aquí paz y después gloria.

Pero aunque el viaducto de Segovia era un receptáculo de muerte, en ocasiones la vida también se abría paso. Allí, poco antes de que Marga y Martín llegaran, nació Blas, el bebé de la Tetona.

Fernanda Cifuentes Ramos, conocida en el viaducto como la Tetona, era una prostituta cuarentona que vendía su cuerpo por quinientas pesetas en la calle Carretas. Su enorme pecho le permitió hacerse con una amplia clientela entre los jubilados, quienes la consideraban una joya de mujer. De hecho ganaba el suficiente dinero como para pagarse una habitación en un hostal pero como ella siempre decía, «El peculio cuesta mucho ganarlo y no es para malgastarlo». De esta manera la Tetona se había convertido en una pertinaz ahorradora.

Con diecinueve años recién cumplidos dejó su pueblo, Herrera del Duque en Badajoz, para estudiar teatro en Madrid. Fernanda tenía la ilusión de ser actriz y había convencido a sus padres, gente buena de campo, para que invirtiesen gran parte de sus ahorros en su formación. Ellos hubiesen preferido que su única hija estudiara en la universidad, pero ya se sabe que hay algunas cosas que cuando a alguien se le meten en la cabeza es difícil sacárselas de ahí.

Después de acabar sus estudios de interpretación, que le llevaron tres años, buscó un representante que creyera en su talento y que llevara su carrera de actriz a buen puerto, pero lo que encontró fue un representante caradura a quien le gustaron más otros de sus talentos. El caso es que Fernanda Cifuentes estaba tan convencida de querer ser actriz que no le importó regalar de vez en cuando su voluptuoso cuerpo a cambio de pequeños papeles e incluso a cambio de audiciones, fuera finalmente seleccionada o no. Así fue como se creó la reputación de «chica fácil». Como ella era insistente en sus objetivos y a los hombres en general les resultaba sumamente atractiva, productores de teatro y de televisión no cesaban de acosarla y de hacerle promesas a cambio de favores sexuales. Pero esas promesas nunca se llegaban a cumplir.

Tras diez años de intensa lucha, Fernanda vio quebrada su ilusión de ser actriz. Entonces hizo una reflexión que determinaría el resto de su vida. Pensó que si los hombres que le interesaban no pagaban por su talento que, al menos, lo hicieran por su cuerpo.

La dinámica no cambió en absoluto. Fernanda siguió pidiendo trabajo y los productores de teatro y de televisión continuaron con sus promesas a cambio de sexo. Lo que sí cambiaba era lo que sucedía a continuación. Ella hacía gala de sus voluptuosas curvas de forma insinuante y cuando la cosa estaba caliente que ardía frenaba en seco e informaba de la tarifa. La mayoría se las arreglaban para pagar en ese mismo momento y los que no disponían de efectivo quedaban con ella otro día con las carteras llenas para rematar la faena. Y de esta forma Fernanda se convirtió en la puta más solicitada de la industria del espectáculo.

A partir de aquí una cosa condujo a la otra. Su nuevo estatus le llevó a ser la invitada de excepción de ciertas fiestas de ricos cargadas de excesos. Para participar en estas fiestas tenía que adoptar una imagen de lujo y sofisticación. Para adoptar esta imagen debía de comprar vestidos y productos de cosmética caros. Para comprarlos tenía que ganar el suficiente dinero. Para ganarlo tenía que trabajar en la prostitución de lujo. Para trabajar en la prostitución de lujo debía contar con los proxenetas adecuados que le adelantaran el dinero para comprar vestidos y productos de cosmética caros acordes con la imagen de una prostituta de lujo. Para contar con esos proxenetas debía garantizarles la devolución del dinero. Para poder devolverles ese dinero tuvo que buscar otras formas de prostitución no tan exclusivas. Para buscarlas se echó a la calle... Y por echarse a la calle dejó de ser la invitada de excepción de ciertas fiestas de ricos. Fernanda Cifuentes Ramos se vio endeudada y condenada a la prostitución callejera y no tardó mucho en caer en la indigencia.

La Señorita Caridad les contó a Marga y a Martín que, aprovechando que ese día la ambulancia estaba en el viaducto, alertó a los paramédicos de que la Tetona había roto aguas y estaba de parto. Como el bebé venía rápido tuvieron que realizar el alumbramiento allí mismo, bajo el puente. Después, para evitar males mayores, se los llevaron a los dos al Hospital 12 de Octubre.

Dada la especial situación de la Tetona los servicios sociales le hablaron de la conveniencia de entregar al recién nacido a una fundación para que le buscara un hogar, pero ella se negó en rotundo. Tanto temía que le quitaran a su bebé que ni corta ni perezosa aprovechó la noche para escapar del hospital y regresar al viaducto. Los servicios sociales, escoltados por la policía, preguntaron por ella en varias ocasiones, pero a la Tetona siempre le daba tiempo a esconderse y, a los demás, a mentir sobre su paradero.

Lo cierto es que Blas alegraba el viaducto y sus lloros a veces hacían sentir a Marga que, a pesar de todo, la vida era hermosa.

En aquella comuna existía una jerarquía y unas normas que había que acatar. Una de ellas era que nadie podía entrar en el viaducto, y mucho menos quedarse a vivir, sin el permiso del Sevillano. De hecho la llegada de Marga y Martín le ocasionó bastantes problemas a la Señorita Caridad. Más tarde los hermanos se enteraron de que el tributo a pagar por ellos era de un tercio de todo lo que consiguieran durante tres meses.

El rincón del Sevillano era un «palacio» comparado con los sitios que ocupaban el resto. Vivía en un chamizo de lo más acogedor que Paco Apuestas le había construido a base de tablones y chapas de hierro. Además, tenía aparatos de radio y televisión que, el Ingeniero, otro de los sin techo, había trampeado a un poste de la red eléctrica. Sobra decir que él era el encargado del reparto del botín de los suicidios y ya se sabe aquello de que «el que parte y reparte se queda con la mejor parte». El Sevillano poseía tantas cosas que podía permitirse el lujo de cambiarlas incluso por sexo con la Tetona. En una ocasión le ofreció un sinfín de bártulos a la Señorita Caridad a cambio de pasar una noche con Marga. Pero ella le amenazó con cortarle el cuello mientras dormía si se atrevía a tocarle un pelo a la niña.

Estaba amaneciendo cuando los gritos despertaron a Marga de sopetón.

—¡Me cago hasta en mi puta madre! ¡Tú harás lo que yo te diga! ¿Me entiendes? —gritó el Sevillano.

Martín estaba un paso por detrás de la Señorita Caridad pendiente de la discusión.

—¡A mí ya no hay hombre que me diga lo que tengo que hacer! —gritó también la Señorita Caridad.

Entonces el Sevillano le propinó un tremendo bofetón en la cara que le hizo tambalear.

—¡Como me vuelvas a levantar la voz te pateo las entrañas, cacho puta! —amenazó el Sevillano.

—¿Sabes lo que te digo? ¡Que me voy! ¡Pero me voy con ellos! —dijo la Señorita Caridad refiriéndose a Marga y a Martín.

—¡Tú puedes irte a tomar por culo, pero los chicos se quedan! —dijo él sin dejar de gritar.

El Sevillano buscó a Martín con la mirada.

—¡Tú, ven aquí! —Le señaló con el dedo.

—¡Ni se te ocurra tocarle! —le advirtió la Señorita Caridad.

La Señorita Caridad le plantó cara de nuevo y el Sevillano se la quitó de en medio de un empujón.

—¡He dicho que vengas, coño! —le insistió el Sevillano a Martín.

Agarró al chico del brazo y se lo llevó por la fuerza.

—¡Deja a mi hermano! ¡Suéltale! —gritó Marga envalentonada.

Sin ningún miramiento el Sevillano le dio una patada en el pecho que dejó a Marga casi sin respiración.

—¡Para, por favor! —suplicó ahora la Señorita Caridad—. No te lo lleves todavía. Déjame hablar antes con él.
—En media hora le quiero en mi chabola. ¿Me entiendes? —dijo el Sevillano en tono amenazante.
Soltó a Martín y se marchó a su rincón.
—¡¿Qué pasa?! —preguntó Martín atemorizado.
Durante unos instantes la Señorita Caridad buscó en su mente las palabras.
—El Sevillano se ha fijado en ti... Llevo varios días dándole largas... —comenzó a decir la Señorita Caridad.
Hablaba como si se estuviera escondiendo de Martín.
—... Te quiere para sus negocios —dijo por fin la Señorita Caridad.
—¿Qué negocios? —preguntó Martín preocupado.
—Sentaos —dijo en voz baja la Señorita Caridad a la vez que lanzaba un profundo suspiro.
Los tres se sentaron en el colchón grande y la Señorita Caridad les puso en alerta sobre el Sevillano.

Ramón Ocaña Cantalapiedra, alias el Sevillano, tendría algo menos de treinta años cuando Marga y Martín le conocieron en el viaducto. Antes de cumplir los quince años ya era considerado un delincuente habitual de sobra conocido en los reformatorios de Sevilla, la ciudad donde nació. A los diecisiete años se vino a Madrid donde continuó con sus fechorías. En el transcurso de su último robo mató a navajazos a un empleado de una farmacia de guardia. Gracias a las grabaciones de la cámara de seguridad del establecimiento, la policía le identificó y pudo detenerle unos días después. Fue procesado por asesinato pero su abogado alegó problemas mentales y consiguió que le redujeran la condena a diez años de prisión.

Cuando salió de la cárcel se vio relegado a la mendicidad. Pero el Sevillano era ambicioso, además de mala persona, así que buscó otras formas de ganarse la vida en vez de pedir limosna por las esquinas. Durante una temporada se dedicó a buscar a indigentes y a robarles todo aquello que le interesara. Sabía que la policía no se iba a molestar en discernir sobre líos entre vagabundos por lo que para el Sevillano era una manera fácil de conseguir dinero. Solo tenía que localizar al mendigo, verificar que no pertenecía a una mafia, esperar al final de la jornada, seguirle hasta un lugar discreto, darle una paliza y quitarle la recaudación. Con la práctica había llegado a asaltar a tres indigentes por día.

En el viaducto encontró su feudo particular. Echó a los más rebeldes por la fuerza e impuso su dominio con promesas de seguridad y protección. Quienes se quedaron allí no tuvieron más remedio que acatar sus normas y agradecerle sus servicios con algún tipo de tasa.

El Sevillano continuó dando palizas a mendigos y robándoles el dinero hasta que en una de esas sorprendió a Cosme Sanchidrián filmándole con una cámara de vídeo. Cosme le explicó que los vídeos de peleas entre mendigos estaban de moda en los Estados Unidos y que se podía ganar mucho dinero con ellos. En ese momento al Sevillano se le abrió un nuevo mundo.

—¿Quiere que me den palizas delante de una cámara? —balbuceó Martín.

La Señorita Caridad no contestó y Marga se puso a llorar.

—¿Es eso lo que quiere? —insistió Martín.

—¡Vámonos, Martín! ¡Vámonos ahora que no nos ve! —dijo Marga creyendo que esa era la mejor solución.

—Ella tiene razón. ¡Corred! —murmuró la Señorita Caridad asegurándose de que nadie más le escuchara.

Echaron a correr ladera arriba hacia la calle Bailén. De repente alguien empujó a Marga haciéndola caer de bruces al suelo. El Sevillano pasó por encima de ella con una estaca en la mano, agarró a Martín por el pelo y se lo llevó arrastras cuesta abajo.

—¡Suelta a mi hermano! —gritó Marga.

La niña corrió tras ellos.

—¡He dicho que le sueltes! —gritó de nuevo.

La rabia y la inconsciencia hicieron que Marga se abalanzara sobre el Sevillano pero, antes de que incluso llegara a tocarle, el muy cafre le dio un bofetón que la proyectó un par de metros hacia atrás.

—¡Puta, mocosa! —bramó el Sevillano.

Martín se revolvió y comenzó a golpearle con todas sus fuerzas, pero el Sevillano estaba resuelto a cumplir con su objetivo. Solo tuvo que atizarle una sola vez con la estaca en las piernas para que el chico se amedrentara y así poner fin a la disputa.

—¡Marga, ven conmigo! —dijo la Señorita Caridad mientras asesinaba con la mirada al Sevillano.

—¡No! ¡Yo voy con Martín! —replicó Marga enfurecida.

—Donde van no hay sitio para ti —insistió la Señorita Caridad.

—¡He dicho que voy con mi hermano! —dijo Marga apretando los dientes.

—Quédate con la Señorita Caridad —le pidió Martín.

—¡No! —gritó Marga.

—Nos vamos ya —apremió el Sevillano—. ¿Viene la cría o no?

—¿No irás a dejar que una niña vea esas cosas? —preguntó escandalizada la Señorita Caridad.

El Sevillano se encogió de hombros, agarró a Martín por el brazo y los tres continuaron ladera abajo hacia la calle Segovia. La Señorita Caridad le cortó el paso.

—Te lo juro, Sevillano, que como les pase algo... —le advirtió.

El Sevillano sonrió arrogante, escupió delante de la mujer y siguió su camino.

6

Cogieron el Metro en la estación de Puerta del Ángel y el Sevillano pagó los billetes, aunque le dijo a Marga que el suyo se lo cobraría más adelante. Durante el trayecto ninguno abrió la boca, bueno sí, el Sevillano se encaró con un hombre que no paraba de mirarle con una mezcla de temor y asco. Tras salir del Metro en la estación de Antonio Machado, caminaron durante una eternidad hasta llegar a la urbanización Puerta de Hierro y de ahí a la entrada del chalet donde hacía tiempo esperaba Cosme Sanchidrián.

—Llegas tarde —le reprochó Cosme.

—He tenido que arreglar unas cuantas cosas —se excusó el Sevillano.

—¿Y esa cría? —señaló Cosme a Marga.

— Es la hermana. No he podido quitármela de encima —dijo el Sevillano.

Era difícil odiar tanto a alguien como en aquel momento Marga odiaba al Sevillano. Entraron en el chalet y, tras recorrer unos pocos metros de jardín, llegaron a la casa. La puerta estaba abierta.

—No toquéis nada —ordenó Cosme.

Atravesaron el *hall* y después el enorme y lujoso salón que daba al jardín trasero de la casa. Allí aguardaban dos chicos de no más de dieciocho años. El Sevillano se sorprendió al verlos.

—¿Y esos quiénes son? —preguntó el Sevillano.

—Mi hermano y un amigo suyo —contestó Cosme.

—¿Y qué cojones hacen aquí? —preguntó el Sevillano elevando el tono de voz.

—¡Venga ya, Sevillano!, son gente de confianza —dijo Cosme.

—¡¿De confianza?! ¡¿Ni mi puta madre es de confianza?! ¡¿Me entiendes?! ¡Que se vayan a tomar por culo ahora mismo de aquí! —exigió el Sevillano.

Marga y Martín les miraban a uno y a otro como si estuvieran siguiendo un partido de tenis.

—Yo respondo por ellos —dijo Cosme visiblemente asustado.

—¿Y cómo vas a responder? —preguntó amenazante el Sevillano.

—Con mi palabra —dijo Cosme.

—Con tu palabra me limpio yo el culo ¿Me entiendes? Dos mil duros, mil por cada uno. Con eso vas a responder —dijo el Sevillano.

—Tú también has traído a la cría y yo no te he puesto ningún problema —protestó Cosme

—¡He dicho dos mil duros y aquí no hay más que

hablar! ¿Me entiendes? —le gritó el Sevillano a un palmo de la cara.

—Vale, de acuerdo —accedió Cosme temeroso.

Casi todo el jardín estaba cubierto por una enorme pérgola. Al fondo había una piscina de unos nueve metros de largo por otros cuatro de ancho. Un cercado de piedra proporcionaba la suficiente intimidad como para que los vecinos no vieran lo que sucedía allí dentro. Sobre una mesa estaba preparada una cámara de vídeo Sony semiprofesional y un par de baterías. El Sevillano se acercó a Martín y le habló bajito.

—Te diré lo que vamos a hacer. Nos vamos a colocar ahí —señaló al centro del jardín— y vamos a pelearnos. ¿Me entiendes? Yo te doy a ti una hostia y tú me das a mi otra. Así una y otra vez. ¿Me entiendes?...

Cosme ultimaba los preparativos de la cámara de vídeo.

—... Ese pijo de mierda lo filmará y cuando acabe me dará el dinero. Yo te daré tu parte y ¡listo! ¿Me entiendes? —terminó de explicar el Sevillano.

Martín asintió con la cabeza, aunque tal era el pánico que le invadía que es muy posible que no se hubiera enterado de nada. Pero Marga sí.

—¡Por favor, no le hagas daño! —suplicó la niña.

El Sevillano la miró fijamente durante unos segundos y luego se agachó para ponerse a su altura.

—Como se te ocurra meterte por medio —le susurró a Marga al oído— me cargo a tu hermano. ¿Me entiendes?

Aquella frase y la forma de decirla atormentarían a Marga durante el resto de su vida.

—¡Hala, a darnos de hostias! —dijo el Sevillano.

Se apostaron en el centro del jardín uno enfrente del otro. El Sevillano se puso en guardia e hizo un gesto a Martín para que hiciera lo mismo. Tímidamente Martín le imitó. Durante un breve instante Marga y su hermano se cruzaron las miradas y entonces ella pudo ver en sus ojos el inmenso terror que le atenazaba.

—¡¿Estás listo?! —preguntó el Sevillano.

Cosme colocó el foco en posición «AUTO» y presionó el botón «REC».

—Grabando —respondió Cosme.

El Sevillano dio el primer puñetazo y esperó la respuesta protegiéndose el rostro. Pero Martín estaba paralizado.

—¡Vamos, pégame! —le animó el Sevillano.

Martín no se movía. El Sevillano continuó golpeándole hasta que el chico cayó sobre el césped del jardín a punto de perder el sentido. Tenía el labio partido, cortes en los pómulos y sangraba abundantemente por la nariz. La angustia apenas dejaba respirar a Marga.

—¡Un momento...! —gritó Cosme.

A duras penas Martín pudo ponerse en pie.

—... Ahora les toca a ellos —señaló a su hermano y al amigo de este.

—¡Ni de coña! —protestó el Sevillano.

—¿No creerás que por diez mil pesetas se iban a conformar solo con mirar? —insistió Cosme.

Los dos jóvenes ocultaron sus rostros tras sendos pasamontañas, se plantaron en el centro del jardín, el Sevillano se quitó de en medio de mala gana y Cosme empezó a filmar otra vez. A continuación se cebaron con Martín de forma cruel e inmisericorde. Disfrutaban viéndole sufrir. Cada nuevo golpe parecía producirles un ataque de risa mayor que el anterior. Sentían placer provocándole dolor. Sus carcajadas se mezclaban con los lamentos de Martín y con los sollozos de su hermana creando una melodía dantesca. Ese día Marga dejó de creer un poco más en las personas.

Un paño de cocina húmedo fue lo único que le dieron a Marga para asistir a su hermano. Mientras le limpiaba la sangre de la cara se fijó en cómo los chicos que le habían apaleado comentaban la jugada una y otra vez enorgulleciéndose de sus actos. También se fijó en cómo Cosme le entregaba dinero al Sevillano.

—Tenemos que irnos, Martín. Esto no es nada bueno —dijo Marga entre lágrimas.

El Sevillano se acercó a ellos, observó un instante las heridas en el rostro de Martín y después le dio un billete de mil pesetas.

—Toma, tu parte —dijo el Sevillano.

Y después regresó junto a Cosme.

—Nos iremos Marga —dijo Martín con voz cansada—, pero cuando tengamos dinero.

Y se guardó el billete en un bolsillo.

Llegaron tarde al viaducto, cerca de la medianoche. Marga no paraba de llorar viendo a su hermano tumbado en el colchón dolorido, con los pómulos cortados e hinchados, el labio roto, los ojos morados y a saber si con alguna lesión más dentro de su cuerpo.

—Deja ya de llorar que vas a despertar a todo el mundo —susurró severa la Señorita Caridad mientras curaba a Martín.

—Si no les despiertan los berrinches del bebé de la Tetona no les van a despertar mis gimoteos —protestó Marga.

Lo cierto es que Blas llevaba un tiempo que no paraba de llorar.

—Ahí vas a tener razón —convino con ella la Señorita Caridad.

Martín dio un respingo al sentir el contacto del algodón empapado en alcohol en una llaga de la cara.

—¡Anda, no seas blando! Que hay que curar esas heridas —dijo la Señorita Caridad en tono maternal.

—¿Te duele mucho? —le preguntó Marga.

—Cada vez menos —contestó Martín apretando la mandíbula.

—Ahora duerme. Ya verás como por la mañana estás mejor —dijo la Señorita Caridad.

—No tengo sueño —dijo Martín con rabia contenida.

—¿Quieres hablar de lo que ha pasado? —preguntó la Señorita Caridad confiando en que eso le aliviaría.

Martín dudó unos segundos y después se dio media vuelta. Lloraba y temblaba como un niño pequeño. Marga se acostó a su lado y se abrazó a él. La Señorita Caridad les arropó con dos mantas y se fue a su colchón.

—No llores Martín, que ya sabes que no puedo verte llorar —estalló Marga también en lágrimas.

—Ya se me pasa —dijo Martín entre resuellos.
Apenas se le entendía.
—Mañana cuando te despiertes nos vamos al pueblo, ¿vale? —propuso Marga.
—Allí ya no tenemos a nadie, Marga. Tú misma lo dijiste —dijo Martín.
Y se puso a llorar con más ganas todavía.
—¿Y a quién tenemos aquí? —preguntó Marga desencantada.
—A la Señorita Caridad —contestó Martín.
Marga giró la cabeza y vio a la Señorita Caridad mirándoles desde su colchón y conteniendo las lágrimas.

7

Martín pasó la semana siguiente recuperándose de las heridas. Esos días la Señorita Caridad y Marga salieron solas a pedir limosna. No cenaban en el comedor social de la calle Doctor Cortezo ni tampoco iban a la calle Tahona de las Descalzas a recoger las dádivas de las dependientas de El Corte Inglés, en vez de eso regresaban al viaducto con comida para Martín y se quedaban junto a él hasta la hora de dormir.

Aquella mañana no se les dio nada bien. La limosna fue escasa y eso las obligó a permanecer en la esquina más tiempo de lo acostumbrado. Fuera por eso o por otras razones pero la Señorita Caridad parecía haber perdido el buen talante que le caracterizaba.

—¿Qué le pasa Señorita Caridad? —le preguntó Marga—. ¿Por qué no dice nada?

—No tengo ganas de hablar —contestó seca.

La niña se encogió de hombros y se dejó contagiar por su tristeza.

—Perdóname, cariño —dijo arrepentida la Señorita Caridad—. Es que hay momentos que no tengo fuerzas para nada.

—Vale, lo siento —se disculpó Marga.

—¿Por qué lo sientes? —preguntó la Señorita Caridad.

—No sé, por haber preguntado que qué le pasaba —dijo Marga.

—Puedes preguntarme todo lo que quieras —dijo la Señorita Caridad.

—¿Y por qué no me ha contestado? —preguntó Marga.

—¿Contestado? ¿A qué? —preguntó a su vez la Señorita Caridad.

—A lo que le he preguntado antes —dijo Marga.

La Señorita Caridad lanzó un profundo suspiro, miró fijamente a Marga durante una eternidad y luego sonrió.

—¡Anda, vamos a comer! —dijo la Señorita Caridad dando por zanjada la conversación.

Recogió las pocas monedas que había sobre el paño marrón y se marcharon de allí.

Regresaron al viaducto con una lata de sopa y un pepito de ternera para Martín que ya se encontraba mucho mejor. Los dolores habían desaparecido, las heridas casi se habían cerrado, comía con ganas, se levantaba a menudo e incluso a veces bromeaba, cosa rara en él. Esa tarde tuvieron la inesperada visita del Contable.

—Aquí llega el recaudador del Sevillano —anunció

socarrona la Señorita Caridad—. ¿Te manda él o lo haces por usura?

—¿Cómo estás? —preguntó el Contable educadamente a Martín ignorando el ataque de la Señorita Caridad.

—Estoy bien, gracias —respondió Martín con una sonrisa.

—Si no me siento esta pierna me va a matar —se lamentó el Contable.

Tomó asiento en una de las latas de pintura con cojines que la Señorita Caridad había dispuesto a modo de banquetas.

—Hay más a los que el Sevillano obliga a hacer lo mismo. No eres el único —dijo el Contable.

—¿Y por qué narices vienes a contarnos esto ahora? —preguntó molesta la Señorita Caridad.

—Mal de muchos, consuelo de tontos —dijo el Contable encogiéndose de hombros.

—Ese comentario ha estado fuera de lugar —le regañó la Señorita Caridad—. Además, el chico no es tonto.

—Mira, Señorita Caridad, yo no estoy de acuerdo con el Sevillano ni apruebo lo que hace, pero aquí nadie tiene huevos a llevarle la contraria —dijo el Contable.

—Vale. ¿Y a qué vienes...? —preguntó la Señorita Caridad.

—Vengo a ayudar —se ofreció el Contable.

—¿Y cómo piensas hacerlo? —preguntó incrédula la Señorita Caridad.

El Contable observó a Martín unos segundos mientras se acariciaba su canosa perilla con la mano.

José Luis González Rubio, *el Contable*, era un soltero convencido de algo más de cincuenta años a quien persiguió la desdicha de manera implacable. Era el responsable del departamento de contabilidad de una pequeña empresa de regalos promocionales, aunque a él le gustaba denominarse como director financiero de una PYME del sector de las promociones. Ganaban muchísimo dinero como intermediarios mediante una operativa aparentemente sencilla. Los problemas comenzaron cuando el director de *marketing* de uno de sus clientes más importantes, un banco nacional, les encargó diez mil relojes de pulsera para regalar por la apertura de una nueva cuenta corriente.

A partir de ese momento la compañía de José Luis puso en marcha el proceso habitual. Los diseñadores del departamento creativo dibujaron un boceto del reloj que el director de *marketing* del banco aprobó. El responsable de compras encargó la confección de los relojes a una empresa de mano de obra barata situada en Taiwán, cuyos trabajadores, probablemente, fuesen niños sobreexplotados. Tres semanas después recibieron los diez mil relojes según el diseño aprobado y se los entregaron al director de *marketing* a un precio unitario de setenta y cinco pesetas el reloj, setecientas cincuenta mil pesetas en total. Esta era una sola de las más de cien operaciones que realizaban a lo largo del año.

Pero el director de *marketing* del banco, sospechando de las malas artes de la compañía, comprobó los precios a los que le fueron vendidos aquellos relojes y vio que podía haber sido víctima de una estafa. Sometió a la empresa de José Luis a una auditoría que verificó que ese reloj por el que el banco había pagado setenta y cinco pesetas, la pequeña empresa de regalos promocionales solo pagó veinte pesetas incluyendo costes de producción, aduanas, aranceles, transporte, márgenes operativos y comisiones. Lo que significaba que le habían añadido un coste extra de cincuenta y cinco pesetas por reloj o, lo que es lo mismo, de las setecientas cincuenta mil pesetas que cobraron al banco por los relojes de pulsera, quinientas cincuenta mil eran de clavo.

José Luis González Rubio se encargaba de falsear las cuentas hasta que los auditores descubrieron el fraude. El director de la empresa, el director de cuentas, el responsable de compras, los diseñadores... todos señalaron con el dedo al contable para salvar sus culos. Y así, como cabeza de turco, José Luis González Rubio fue víctima de un complot que le llevó a la ruina tras figurar en multitud de listas de morosos, de estafadores, de defraudadores y de personas *non gratas* para el trabajo.

Y tenían razón en señalar al Contable como un ladrón de tomo y lomo. Gracias a su abultado salario y a lo que sisaba de aquí y de allá, había conseguido amasar una importante suma de dinero que, para no levantar sospechas, guardaba celosamente en las cajas de seguridad de varios bancos. Con este capital abrió su propia empresa de regalos promocionales. Comenzó con una política de precios muy agresiva con el objetivo de quitarse de en medio a la competencia. De esta forma pasó de tener pérdidas a alcanzar beneficios en apenas un par de años. Pero como era ambicioso hasta más no poder y su lista de clientes empezaba a consolidarse, subió los precios. Dejó de ser competitivo y se convirtió en una empresa más de regalos promocionales. Y volvió a subir los precios... Y como el ser humano es el único animal que tropieza dos veces en la misma piedra, José Luis volvió a ser objeto de una auditoría por parte de un cliente receloso. El resultado fue el cierre de la nueva compañía y que le identificaran como un estafador recalcitrante.

La cosa no se quedó en el mero ámbito empresarial, ni mucho menos. Hubo acusaciones, demandas y pleitos. Y por disposición judicial el Contable fue condenado a devolver el dinero defraudado más unos escandalosos intereses. Lo perdió todo: dinero, casa, amigos, familia... Cayó en una profunda depresión que solo remitía con el alcohol. Solo, abatido, desesperado y rodeado de oscuridad, se arrojó desde lo alto del viaducto con la intención de poner fin a su vida. Pero en vez de eso se destrozó el bazo, se partió la mandíbula, se fracturó la pierna por un montón de sitios y se desgarró infinidad de músculos del cuerpo. Los mendigos no encontraron nada de valor en el Contable pero le socorrieron y le cuidaron hasta la llegada de la ambulancia. Tal vez fue por la humanidad que mostraron con él y porque no tenía otro sitio adónde ir, por lo que, tras los tres meses que estuvo hospitalizado, regresó al viaducto y se quedó a vivir allí.

—¿Cuánto te ha pagado? —preguntó el Contable.
—¡Eh, quieto ahí! ¡No te embales! ¿A ti qué coño te importa eso? —le cortó la Señorita Caridad.

—Ya te he dicho que quiero ayudar —insistió el Contable.

Martín miró un instante a la Señorita Caridad como si le estuviera pidiendo permiso para responder.

—Mil pesetas —contestó Martín.

El Contable esbozó una sonrisa de incredulidad.

—¿Sabes cuánto ha ganado él a costa de tus lesiones? Cincuenta y nueve mil pesetas —dijo el Contable.

—¿Y tú cómo lo sabes? —preguntó retadora la Señorita Caridad.

—Porque yo le llevo las cuentas —confesó el Contable en un arrebato.

Y era bien cierto que el Contable y el Sevillano se traían algún tipo de tejemaneje del que poco se sabía.

—¿Y por qué dices esto precisamente ahora? —preguntó menos agresiva la Señorita Caridad.

El Contable suspiró e hizo ademán de irse.

—¿Cuánto gana el Sevillano? —preguntó intrigado.

—Mucho —tardó en contestar el Contable—. El dinero de las grabaciones de peleas lo invierte en comprar droga y en cortarla para venderla después, lo que le genera mucho más dinero. Podría dejar esto y vivir mejor, pero para el Sevillano la mendicidad es un negocio y todos nosotros sus empleados.

—¿Y qué puedo hacer yo para dejar de ser su empleado? —preguntó Martín.

El Contable negó con la cabeza.

—Nada. Pedirle más dinero la próxima vez. ¡Que te mejores, chaval! —Sonrió—. Y por favor, no le digáis a nadie de lo que hemos hablado.

Se levantó de la banqueta y al hacerlo un rictus de dolor desdibujó su rostro.

—¡Esta pierna me va a matar! —volvió a lamentarse.

Se masajeó el muslo durante unos segundos y después regresó cojeando a su rincón. A Martín se le encendieron los ojos de rabia.

8

Con sesenta y ocho años cumplidos Rafael Márquez Hidalgo se consideraba a sí mismo como un viejo empresario del espectáculo. En México D.F. era el mayor distribuidor de películas *underground* de todo el país. Los videoclubs hacían su agosto particular vendiendo y alquilando los títulos bajo el emblema RMH, icono del porno bizarro, *atrocity* japonés, gore extremo, crímenes de guerra... En realidad, a Rafael Márquez le daba igual el género de qué se tratara mientras incluyera las suficientes dosis de sangre.

El comercio de la violencia le proporcionaba tales beneficios que Rafael decidió producir sus propios contenidos. Llegó a un acuerdo con una serie de colaboradores en los Estados Unidos, Colombia, Venezuela, Argentina y España que le proveían de contenidos exclusivos para sus películas. Una nueva y lucrativa fuente de ingresos que pasó a engrosar sus ya millonarias finanzas.

Rafael Márquez y Cosme Sanchidrián se encontraban en el pequeño cine que el primero había instalado en el sótano de su casa situada en la exclusiva zona residencial Bosques de las Lomas de Ciudad de México. El mexicano había visionado varias veces las películas que Cosme le había llevado sin acabar de sentirse satisfecho.

—No es que estén mal. Tienen fuerza y enganchan, pero ver a los sin techo peleando entre sí o autolesionándose ya no es interesante —dijo Rafael tras terminar de ver la última filmación de Cosme.

—Pero dan dinero y los gastos son mínimos comparados con los beneficios —dijo Cosme.

—¿Sigues teniendo tratos con ese.., cómo le llamas, Sevillano? —preguntó Rafael.

—Es quien me provee de la materia prima —dijo Cosme en un tono sarcástico.

—Pues ya puedes ir rompiendo el acuerdo con él porque las películas de mendigos se han terminado para mí —sentenció Rafael—. A la gente le disgusta ver a esos desgraciados partiéndose la cara y la policía se está empezando a poner pesadita con esas cosas.

—¿Me estás diciendo que se acabó el negocio? ¿Que hasta aquí hemos llegado? —se sorprendió Cosme.

—Eso es precisamente lo que estoy diciendo. Ya no necesito que hagas más películas para mí —dijo Rafael con indiferencia.

A Cosme le sentó como un jarro de agua fría.

—A no ser que... —comenzó a decir Rafael como si hablara consigo mismo.

Cosme le prestó la máxima atención al igual que haría un perro a la llamada de su amo.

—... le demos una vuelta al negocio y nos planteemos películas más directas —dijo Rafael.

—No entiendo a qué te refieres con «más directas» —se interesó Cosme.

—Películas *snuffs*, muertes en directo, torturas filmadas... —aclaró Rafael.

—Pero eso significa matar a personas —dijo Cosme.

—El verdadero negocio está en pasar de la ficción a la realidad. Y cuanto más real, más dinero —dijo Rafael.

Cosme se recostó en su asiento sin acabar de creer lo que estaba oyendo.

—Si continuamos utilizando a pordioseros que a nadie importan no habrá peligro alguno —continuó Rafael—. Las películas se exhibirían en pases cerrados aquí mismo en mi casa ante un pequeño círculo de llamémosles «amigos». De eso me encargo yo.

—¿Cuántas copias habría de cada película? —preguntó Cosme.

—Solo una —confirmó Rafael—. Y solo exhibiciones controladas, nada de venta de copias ni de distribuciones clandestinas.

—¿Cuánto dinero hay de por medio? —siguió preguntando Cosme.

—Mucho —dijo Rafael con una sonrisa.

Cosme se levantó del asiento y se puso a dar paseos por la sala.

—¿Qué te parece? —preguntó Rafael obligándole a dar una respuesta.

Cosme volvió a sentarse.

—De ningún modo participaré en...

Cosme buscó en su mente la mejor forma de definirlo.

—... lo que pase delante de la cámara. Yo solo filmaré —dijo aceptando la propuesta del mexicano.

—¿Y ese Sevillano? ¿Aceptaría él ponerse delante de la cámara? —preguntó Rafael.

—No lo sé... no lo creo —dudó Cosme.

—Pues entonces tendrás que buscarte a otro —dijo Rafael sin darle mayor importancia al asunto.

Cosme se quedó pensativo.

—Dejemos por el momento de hablar de negocios y vámonos a comer —dijo Rafael levantándose de su asiento—. Te voy a llevar a un sitio donde preparan el mejor Mole Poblano que vayas a probar en tu vida.

9

El tiempo pasaba volando y tanto Martín como Marga empezaban a aceptar su condición de mendigos. Ninguno de los dos hablaba ya del pueblo ni de la casona ni de esos familiares que se perdían de lo lejanos que eran... ni siquiera hablaban el uno con el otro de su madre. Y no porque no quisieran hacerlo, sino porque sabían que eso les haría daño. Cuando Marga lloraba por las noches Martín la consolaba. No le preguntaba el motivo de su desdicha porque sabía perfectamente cuál era, se limitaba a abrazarle y a decirle que todo se iba a solucionar muy pronto. Ella sonreía agradecida aunque sabía que era mentira. Nunca se separaban y siempre andaban juntos y si alguien se sobrepasaba con uno de ellos, el otro saltaba como una fiera en su defensa. Era difícil ver a dos hermanos, mendigos o no, tan unidos y que se quisieran tanto como Marga y Martín.

La Señorita Caridad les había instruido en una nueva rutina: la búsqueda de objetos de valor en los contenedores de basura. Esto necesitaba de cierta maña y, por supuesto, no valía cualquier contenedor. Era necesario averiguar dónde estaban los edificios donde residía la gente adinerada, localizar el lugar donde el portero depositaba la basura y rebuscar en el momento preciso, que generalmente era por la noche, antes de que acudieran otros mendigos. La Señorita Caridad descubrió un edificio con posibilidades cerca del viaducto, enfrente de la plaza de Oriente.

—¿Qué hacemos si viene el camión de la basura? —preguntó Marga con cierta preocupación.

—El camión de la basura no es el problema, pasa muy tarde —respondió la Señorita Caridad—. El problema es que nos vea algún vecino o la policía. Si es un vecino, nos echará la bronca y nos dirá que nos larguemos. Nos largamos y punto. Pero si es la policía hay que salir corriendo porque si nos pillan nos llevan a comisaría.

—¿Y el portero? —preguntó Martín.

—Ese habrá acabado su jornada de trabajo y estará descansando en su casa. No te preocupes por él —dijo la Señorita Caridad.

Llegaron al edificio de la plaza de Oriente y se dirigieron a la parte trasera donde estaba situado el primero de los contenedores. La Señorita Caridad cogió una bolsa de basura del interior y la agitó.

—¡Cuidado, Señorita Caridad! ¡Que hay gente pasando por ahí! —señaló Marga alarmada.

—¡Bah! Ni se fijan en nosotros. Para ellos somos parte del paisaje —bromeó la Señorita Caridad.

Volvió a agitar la bolsa.

—Hay que afinar el oído para identificar los sonidos

—comenzó a explicar la Señorita Caridad—. Si suena húmedo y pringoso es comida. Si el sonido es metálico hay que abrir la bolsa. Si suena a plástico y cartón también hay que abrirla...

—¿Y por qué no las abrimos todas y acabamos antes? —pregunto Martín.

—¡Pues porque eso es de guarros! —le regañó la Señorita Caridad.

Marga soltó una risita y Martín adoptó un gesto de aburrimiento.

—Fijaros en cómo lo hago yo —dijo la Señorita Caridad.

Y se puso a zarandear bolsas de basura. Cuando escuchaba un sonido sospechoso, abría la bolsa y comprobaba el interior. Y así una tras otra. Luego observó cómo lo hacían los chicos y se sorprendió de los resultados obtenidos por Marga. Acabaron apestando a podredumbre y también con un juego del parchís, otro de las cuatro en raya, varias revistas femeninas, unos cuantos ejemplares del *TBO*, una bola del mundo de plástico, un espejo de bolsillo... y lo mejor de todo, un radiocasete que funcionaba a ratos.

A la mañana siguiente en el viaducto la Señorita Caridad, Marga y Martín se presentaron en el rincón del Ingeniero para que le echara un ojo al radiocasete que habían encontrado en la basura.

—Está casi nuevo —se sorprendió el Ingeniero.

—Pero se oye mal —se quejó la Señorita Caridad.

A Marga le llamaron la atención la cantidad de libros que tenía en su pequeño espacio y la variedad de utensilios que había pirateado a la red eléctrica: una maquinilla de afeitar, un pequeño televisor, un ventilador, un calefactor, una lámpara... y cosas así.

—Seguro que este cacharro sigue vivo —comentó el Ingeniero seguro de poder arreglarlo.

Y ni corto ni perezoso cogió sus herramientas, desarmó el radiocasete y comprobó los cables. Martín no le quitaba el ojo de encima fascinado con su habilidad.

—¿Te gusta la electrónica? —preguntó el Ingeniero.

—No lo sé —dijo Martín encogiéndose de hombros.

—Si quieres yo te puedo enseñar —le propuso el Ingeniero.

En ese momento a Martín se le iluminó el rostro.

—Mira, aquí está el problema —dijo el Ingeniero mostrando el cable suelto.

Cogió un soldador eléctrico, lo enchufó a uno de los ladrones que tenía por ahí tirados, soldó el cable a su sitio y volvió a montar el aparato. Después rebuscó en una de sus cajas y sacó cuatro pilas de las grandes.

—Estas corren de mi cuenta —dijo el Ingeniero.

Se las puso al radiocasete y verificó que funcionara.

—¡Listo! —dijo orgulloso de su trabajo.

— No sé cómo podremos agradecértelo —dijo la Señorita Caridad.

—Viniendo a visitarme más a menudo —dijo el Ingeniero.

Había una cierta melancolía en sus palabras.

José Maroto Cuevas era un joven de veinticinco años, de carácter apocado y con un miedo enfermizo a recibir daño. Nació en la ciudad de Burgos y en el viaducto se le conocía como el Ingeniero. Le llamaban así porque hasta no hacía mucho tiempo era un brillante estudiante de Ingeniería en Telecomunicaciones en la Universidad Politécnica de Madrid. Tres años antes, en el transcurso de unas vacaciones de verano que pasaba con sus padres y su hermana pequeña, sufrió un accidente de coche que a él le costó su pierna izquierda y a su familia la vida. Pasó varios meses en el hospital donde se sometió a una serie de operaciones cuyo fin fue implantarle una prótesis que, al menos, le ayudara a caminar sin muletas.

Después de una larga rehabilitación retomó sus estudios de Ingeniería, pero la tristeza por la pérdida de su familia y la autocompasión le arrojaron al infierno de las drogas. En menos de un año ya se había convertido en un yonqui a quien no importaba otra cosa que su adicción. Dejó de asistir a la universidad y acabó abandonando la carrera. Gracias al dinero de sus padres, durante un tiempo pudo seguir costeándose la heroína y pagando el alquiler del apartamento en el que vivía. Pero sus recursos terminarían por agotarse.

Sin dinero, sin ingresos, sin hogar y con un síndrome de abstinencia que estuvo a punto de llevárselo por delante, acabó pidiendo refugio en el viaducto donde, por sus conocimientos y habilidades, se convertiría en uno de los protegidos del Sevillano.

De entre todos los mendigos el Ingeniero era el que más dinero conseguía en limosnas. Acudía a diario a la carrera de San Jerónimo esquina con la calle Sevilla. Allí se quitaba su prótesis de pierna, se remangaba el pantalón para que todos pudieran ver el muñón y colocaba un bote en el suelo junto a un cartel en el que había escrito un enorme «GRACIAS».

Desde que el Ingeniero reparó la radio, Marga pasaba gran parte del día escuchando música, bailando y cantando. Sus favoritos eran Alaska y Dinarama, Hombres G, Miguel Bosé, Eurythmics y Michael Jackson. Se aprendió de memoria *Ni tú ni nadie*, *Sufre mamón* y *Amante bandido*. Y medio chapurreaba en inglés *There must be an angel* y *We are the world*. Y cuando se acababan las pilas la Señorita Caridad le pedía más al Ingeniero que, por alguna razón que desconocían, siempre tenía de sobra. La mayoría de las veces se las regalaba y otras les cobraba muy poco por ellas.

Martín pasaba mucho tiempo con él en su rincón. El Ingeniero le enseñaba electrónica y un montón de cosas más y Martín le hacía compañía, algo que el joven tullido agradecía sobremanera.

El mes de marzo llegaba a su fin y la primavera ya estaba echando a empujones al invierno. Hacía tiempo que el Sevillano no se llevaba a Martín a sus peleas filmadas y a Marga, por primera vez en mucho tiempo, le invadían retazos de felicidad.

Como la tarde era agradable, después de la temprana

cena en el comedor social Ave María y antes de recoger los lotes de comida y de ropa en la calle Tahona de las Descalzas, Marga, Martín y la Señorita Caridad se fueron a pasear por la Gran Vía. Marga pensó que la gente les haría más ascos pero lo cierto es que, en general, se cruzaban con ellos como con cualquier otra persona y pocos eran los que les prestaban algo de atención.

—¡Qué dibujos más bonitos! —exclamó Marga alucinada.

Los enormes carteles que anunciaban las películas en las fachadas de los cines habían atrapado a Marga con sus formas y colores.

—Fíjate, ese de ahí enfrente es de una película en la que unos hombres se dedican a cazar fantasmas y... —comenzó a explicar la Señorita Caridad.

—Claro —le interrumpió Martín—, por eso se titula *Los Cazafantasmas*.

A los hermanos les entró la risa floja y la Señorita Caridad se puso roja como un tomate.

—¡Mira este, Martín...!

Marga señaló el cartel que tenían justo encima de ellos.

—¡... Un niño montando a un dragón! —dijo Marga boquiabierta.

—*La historia interminable...* —comenzó a decir otra vez la Señorita Caridad.

—Y va de una historia que no se acaba nunca, ¿no? —bromeó de nuevo Martín.

Otra vez él y su hermana se partieron de la risa.

—Hoy estás un poco bobo —le reprendió la Señorita Caridad.

—Lo siento Señorita Caridad, le prometo que no me volveré a reír —dijo Martín aguantándose la risa.

—Más te vale —advirtió la Señorita Caridad, aunque a modo de broma.

Mientras tanto Marga no podía apartar la vista del dragón del cartel.

—¿Habéis estado alguna vez en un cine de la Gran Vía? —preguntó la Señorita Caridad suponiendo la respuesta—. La pantalla gigante, el sonido rodeándote... es como estar dentro de la película...

Marga se encogió de hombros y forzó una sonrisa. En ese momento la Señorita Caridad se dio cuenta de lo inoportuno del comentario. Martín observó a su hermana y tras la sonrisa vio su frustración.

—¿Sabéis lo que os digo? Que estamos a tiempo de entrar —dijo Martín después de comprobar el horario de las sesiones.

Se metió la mano en el bolsillo del pantalón y sacó el billete de mil pesetas que le dio el Sevillano.

—Cada entrada cuesta doscientas pesetas. Es mucho dinero —dijo la Señorita Caridad.

Marga rogaba porque Martín no le hiciera caso.

—Mi hermana no se va a quedar sin ver una película en un cine de la Gran Vía, en pantalla gigante y con el sonido rodeándole. Así que vamos dentro —dijo Martín.

—Yo os espero aquí —dijo la Señorita Caridad queriendo aliviar la carga económica que suponían las tres entradas.

—Usted se viene con nosotros y aquí no hay más que hablar —dijo Martín haciéndose dueño de la situación.

La Señorita Caridad bajó la cabeza e hizo una mueca de agradecimiento.

—Además, si no se gasta el dinero, ¿para qué sirve? —sentenció Martín con esa sonrisa tan suya que le hacía tan guapo.

Se dirigieron a la taquilla, Martín compró las entradas y entraron en el cine. El acomodador, que les miró de arriba abajo con cierta aversión, les sentó en el patio de butacas en la esquina de la última fila, en el lugar más alejado posible del resto del público. La Señorita Caridad protestó diciendo que las entradas eran numeradas y que esos no eran sus asientos pero no le sirvió de nada. A Marga le daba igual dónde les sentaran porque en ese momento creía estar en el lugar más fascinante del mundo. Cuando se apagaron las luces, instantes antes de empezar la película, le latía el corazón a mil por hora. Cogió la mano de Martín y la apretó con fuerza. Ese día disfrutó de uno de los momentos más inolvidables de su vida.

Salieron del cine y Marga apenas podía hablar de la emoción que le invadía. Por supuesto, llegaron tarde a su cita con las dependientas de El Corte Inglés, pero a ninguno de los tres le importó.

Cuando llegaron al viaducto el Sevillano les estaba esperando en el rincón de la Señorita Caridad.

—¡¿Dónde cojones te habías metido?! —preguntó el Sevillano.

—Por ahí —respondió Martín tímidamente.

—¡Venga, vamos, que tenemos trabajo! —apremió el Sevillano.

—¿Y cuánto voy a ganar esta vez? —preguntó Martín armándose de valor.

—¡Lo que a mí me salga de la polla! ¡¿Me entiendes?! —vociferó el Sevillano.

—Quiero saberlo —insistió Martín.

—¡¿O qué?! —le encaró el Sevillano.

—O... no voy —amenazó Martín.

Entonces el Sevillano le pegó un bofetón en la cara que le hizo caer de espaldas al suelo. Después se sentó encima de él y le sujetó por el cuello. Marga hizo ademán de ir en ayuda de su hermano pero la Señorita Caridad, con buen criterio, se lo impidió.

—¡Puedes pegarme! ¡Me da igual! —gritó Martín casi sin poder respirar—. Pero si no me dices cuánto voy a ganar, no voy contigo.

El Sevillano clavó sus ojos en la Señorita Caridad.

—¡Es cosa tuya! ¡Se lo has dicho tú! —le gritó el Sevillano.

—¡Yo no le he dicho nada! —gritó también la Señorita Caridad—. ¡Tú sabrás por qué te pide el dinero!

El Sevillano no apartó la mirada de la mujer hasta estar seguro de que su autoridad no quedaba en entredicho. Después soltó a Martín del cuello y se levantó del suelo.

—A ver, ¿cuánto quieres? —preguntó el Sevillano en tono de hastío.

—Veinte mil pesetas —respondió Martín levantándose del suelo.

—¡Veinte mil hostias te voy a dar yo! —gritó el Sevillano al instante—. Cinco mil y vas que chutas.

—Veinte mil —repitió Martín.

El Sevillano le miró fijamente durante unos segundos y luego se puso a dar cortos paseos de un lado a otro como un oso enjaulado que no encuentra una vía de escape.

—¿Sabes por qué te voy a dar el dinero que me pides? Porque resulta que tu vídeo se está vendiendo de puta madre. Por eso y no por tus santos cojones. ¡¿Me entiendes?! ¡Vámonos que se nos hace tarde! —dijo el Sevillano.

—Voy contigo Martín —se ofreció Marga.

—¡Tú te quedas aquí! ¡Y deja ya de joder la marrana! —gritó el Sevillano.

—Sí, Marga, quédate. No me va a pasar nada —dijo Martín sonriendo.

Y el Sevillano se lo llevó con él. La anciana conocida en el viaducto como la Leyenda lo observaba todo desde su reducto de tablones con gesto de preocupación.

9

—Tienes que alejarte del Sevillano. Es el demonio —le dijo la Leyenda a Marga acercándose a ella.

—¡Lárgate de aquí, vieja bruja! ¡Ya sabes que no me gustan tus artes! —le increpó la Señorita Caridad.

—Mis artes, como tú las llamas, sirven para advertir de los peligros, entre otras muchas cosas... —se defendió la Leyenda.

La anciana se dirigió a la niña.

—Tú ya no puedes hacer nada por tu hermano. No te acerques a ese hombre o te va a hacer daño —dijo la Leyenda muy despacio.

La Señorita Caridad la cogió del brazo con firmeza y la apartó de Marga.

—¡He dicho que te largues! —gritó la Señorita Caridad—. ¡¿No ves que asustas a la niña?!

—Solo digo lo que veo y más le vale hacerme caso —advirtió la Leyenda.

—Deja que hable, por favor —pidió Marga.

—Te va a llenar la cabeza de cosas que no te van a servir para nada —avisó la Señorita Caridad.

—¡Yo no soy una farsante! —protestó la Leyenda.

—¡Ni yo he dicho que lo seas! —se encaró la Señorita Caridad.

Ambas se quedaron unos segundos en tenso silencio sin apartar la mirada la una de la otra.

A Juana Valbuena Contreras la llamaban la Leyenda porque todo lo que contaban sobre ella empezaba por «Según dicen...», «Cuentan por ahí...», «Se dice de ella...»... El caso es que nadie conocía a ciencia cierta cuál era su verdadera historia, pero en lo que sí coincidían todos era en el halo de sobrenatural misterio que la rodeaba.

Quienes conocieron a Juana contaban que su abuela era una médium de sobra conocida y reconocida en Alcalá de Henares. Decían que tenía el poder de hablar con los muertos y de ser poseída a voluntad por los espíritus. Ya por aquel entonces los abatidos familiares de los fallecidos solicitaban los servicios de la médium para conversar con sus difuntos a cambio de dinero. Algunos decían de ella que era una embaucadora pero otros, los que asistieron a sus sesiones, ensalzaban sus habilidades y divulgaban su especial don.

Explicaban quienes sabían de esto que ese don divino era hereditario, pero que estaba vetado a los varones. También decían que no pasaba directamente de madres a hijas, sino que se saltaba una generación. La madre de

Juana no tuvo ese poder. Suficiente tenía con llegar a fin de mes y sacar adelante la casa y a su hijo de trece años después de que su marido les abandonara por una prostituta tan borracha como él y, sobre todo, después de que la abuela, que era quien mantenía económicamente a la familia, cayera enferma y muriera por causas de la edad.

Y como dicen que «a perro flaco, todo son pulgas», a la pobre madre de Juana le vino todo junto: el embarazo que el cerdo de su marido le dejó como recuerdo antes de largarse y el cáncer galopante que se le agarró al pecho para no dejarle escapar. La muerte se la llevó en el momento de dar a luz a Juana. Fue entonces cuando los hermanos se quedaron solos, con el desprecio de su padre y con un montón de deudas de su madre.

Dicen que Juana tenía diez años cuando el don de su abuela empezó a manifestarse en ella. Al principio la niña solo veía sombras fugaces pero luego los espíritus comenzaron a susurrarle, más tarde respondían a sus preguntas y al final podía verlos y hablar con ellos como con cualquier persona viva. Acabó acostumbrándose a su presencia aunque muchas veces no fuera deseada.

Aunque a su hermano le costaba creer en fantasmas, lo que sí creyó es que aquel extraño don familiar bien podría darles un respiro económico. Así que la necesidad hizo que retomaran el negocio de la abuela y, como Juana era una niña y se le daba bien eso de contactar con los espíritus, el éxito de sus consultas no tardó en llegar. Y les iba tan bien con esta sobrenatural ocupación que quisieron abrir fronteras y probar suerte en Madrid. Cerraron la consulta de Alcalá de Henares y alquilaron un cuchitril en el barrio de La Latina donde continuaron con las sesiones. Y así consiguieron salir adelante.

Juana acababa de cumplir los setenta años cuando su hermano falleció. Continuó sola con el negocio pero las visitas menguaban y los gastos crecían, así que tuvo que abandonar la casa por no poder hacer frente al alquiler. Poco tiempo después se vería en la calle mendigando limosna a cambio de la buenaventura.

Cuentan que algunos miembros de la mafia se fijaron en ella y que enseguida vieron las ventajas que podía proporcionarles eso de la adivinación. Le facilitaron un sitio protegido a la salida de un supermercado donde acudía cada día a media mañana. Pero la mala suerte continuaba cebándose con Juana. Pocos eran quienes tenían a bien darle limosna y menos aún los que ponían a prueba sus dotes de pitonisa. Así que como los beneficios no eran los esperados, la mafia se deshizo de ella en un santiamén.

Juana estuvo dando tumbos por todo Madrid ofreciendo su talento a la salida de los cines, en las iglesias, por la calle… hasta que hambrienta y sin un lugar donde refugiarse recaló en el viaducto. Al Sevillano le hizo gracia que le pronosticara el futuro y le permitió quedarse a cambio de una parte de las ganancias. Y para garantizarse que su parte fuera lo suficientemente sustanciosa, le quemó el ojo izquierdo con un mechero.

Tuerta, con el ojo blanco como una posesa y con un inmenso odio corroyéndole las entrañas, Juana incrementó las ganancias pero más por el miedo que los contribuyentes le tenían al mal de ojo que por el justo pago a sus servicios.

—¿Qué es lo que me tienes que decir? —preguntó intrigada Marga.

La Señorita Caridad se quitó de en medio y dio por finalizada la disputa.

—Tu hermano está perdido pero tú todavía estás a tiempo de salvarte —dijo la Leyenda.

Marga hacía todo lo posible por no mirar a su ojo izquierdo.

—Hay un mal que te espera pero que puedes evitar —continuó la Leyenda.

—¿Cómo? —preguntó Marga.

—Escapando. Yéndote de aquí —dijo la Leyenda.

—Ella no se va a ir —intervino la Señorita Caridad—. Conmigo estará bien.

—Hay cosas que tú no podrás impedir que sucedan —le dijo la Leyenda.

Se acercó a la Señorita Caridad, le cogió las manos y cerró los ojos.

—Tienes protección —dijo la Leyenda tras unos segundos de introspección—. Y es muy poderosa. Pero quienes te protegen a ti no pueden hacerlo con la niña.

La Señorita Caridad apartó las manos como un resorte.

—¡Fuera, pájaro de mal agüero! —le increpó la Señorita Caridad—. ¡No necesitamos de tus augurios!

—Te lo repito —le dijo la Leyenda a Marga—. Olvídate de tu hermano y vete de aquí.

Y hecha la advertencia, la Leyenda regresó a su espacio.

10

El Sevillano y Martín llegaron al chalet de Puerta de Hierro alrededor de la medianoche. Cosme Sanchidrián les estaba esperando a la entrada al volante de su flamante Golf GTI.

—¿Qué haces aquí fuera? —preguntó extrañado el Sevillano.

—Esta noche vamos a grabar en otro sitio —respondió Cosme—. En mi casa no podemos. Subid al coche.

—¿Adónde vamos? —preguntó el Sevillano.

—A Cobo Calleja, al almacén de un amigo —indicó Cosme.

—Quiero mi dinero —reclamó Martín.

—¡¿Pero qué dice este?! —se sorprendió Cosme.

—Que quiero mi dinero —repitió Martín más despacio.

—Tendrás tu dinero cuando terminemos el trabajo. ¿Me entiendes? —dijo el Sevillano.

—¡No! ¡Lo quiero ahora! —dijo Martín.

—Vamos, chaval, tranquilo que nadie te lo va a quitar —dijo Cosme sin darle mayor importancia al asunto.

—O me dais mi dinero o no voy con vosotros —amenazó Martín.

El Sevillano se acercó a la ventanilla del coche.

—Quiere veinte mil pesetas —susurró para que Martín no le oyera.

Cosme hizo una mueca de fastidio.

—Se lo doy pero a descontar de tu parte —aclaró Cosme.

Cogió la cartera del bolsillo interior de la cazadora, sacó las veinte mil pesetas y se las entregó directamente a Martín.

Apenas tardaron una hora en llegar al Polígono Industrial Cobo Calleja. El almacén en cuestión era una pequeña nave industrial con el cartel de «SE ALQUILA» en la fachada. El interior estaba completamente diáfano. Al fondo, separada por unas mamparas y unas cristaleras, había una minúscula oficina de apenas diez metros cuadrados con una mesa escritorio, una silla y un armario metálico. Cosme se dirigió allí con dos bolsas, una en cada mano, las dejó encima de la mesa y de la más grande extrajo su cámara de vídeo. Luego volvió a la entrada de la nave y cerró la puerta con llave.

—¿Podemos hablar? —preguntó Cosme al Sevillano.

Martín estaba temblando.

—¿Por qué hemos venido hasta aquí? Lo hubiéramos dejado para otro día —dijo el Sevillano mientras caminaban hacia la oficina.

Cosme no contestó. Esperó a entrar en el despacho y a cerrar la puerta. Luego observó a Martín un instante y se frotó las manos. Estaba nervioso.

—Los vídeos de humillaciones a mendigos ya no venden como antes —comenzó a explicar Cosme en voz baja—. La demanda ha bajado y ya no es el negocio que era...

—¡¿No me jodas que lo vamos a dejar?! —se lamentó el Sevillano.

—¡Chissssst! ¡Más bajo! No quiero que el chico nos oiga —dijo Cosme señalando a Martín.

—Habla más claro —exigió el Sevillano bajando el volumen de voz.

Cosme dudó unos segundos antes de continuar.

—Ya sabes que mi contacto me paga una pequeña cantidad por cada copia vendida. Pero últimamente casi no me alcanza ni para pagarte a ti —dijo Cosme.

Martín les observaba intranquilo desde el otro extremo de la nave.

—Hay otra manera de continuar con el negocio, si te interesa —continuó Cosme—. Mi contacto me ha dicho que hay gente dispuesta a pagar mucho dinero por otro tipo de vídeos...

Le costaba seguir hablando.

—¿Y? —se impacientó el Sevillano—. ¿Qué vídeos son esos?

—Películas *snuff* —dijo Cosme después de unos instantes de duda.

—¡No me jodas! ¡¿Hablas en serio?! —exclamó el Sevillano dibujando en su rostro una sonrisa de incredulidad—. ¡Eso es cargarse a gente!

—Vale, está bien. Se acabó la conversación. No he dicho nada. Recojo mis cosas y nos largamos —dijo Cosme arrepentido.

El Sevillano se acercó a la cristalera y clavó sus ojos en Martín.

—No quiero más muertes a mis espaldas. ¿Me entiendes? —dijo el Sevillano sin apartar la vista del chico.

—Olvídalo, Sevillano. Ya me buscaré la vida por otro lado —dijo Cosme.

—La vas cagar, Cosme, eso es un marronazo... —dijo el Sevillano.

—Está más controlado de lo que crees —le interrumpió Cosme.

—¡Estás loco! ¡No sabes de lo que hablas! —dijo el Sevillano negando con la cabeza.

—Mientras sigamos trabajando con mendigos dispondremos de cierto margen de seguridad —comenzó a decir Cosme en un intento de convencerle—. No tienen familia ni a nadie que se ocupe de ellos. ¿Quién va preocuparse por su desaparición? ¿Quién va a reclamar a la policía? ¿A quién le importa un cuerpo anónimo en el fondo del río o enterrado en una zanja? La cosa seguiría como hasta ahora. Tú te encargarías de los mendigos y yo de la película. Hacemos un buen equipo. Nos ha ido bien, ¿no?

—¡Que no joder! ¡Que te vayas a tomar por culo! —gritó el Sevillano.

Desde su posición Martín podía oír las voces. Vio que el Sevillano no apartaba su mirada de él y entonces un profundo miedo se apoderó de él estrangulándole los sentidos. Quería escapar pero la puerta estaba cerrada y las ventanas se elevaban a varios metros del suelo. Era imposible llegar hasta allí. Estaba atrapado.

—Hay mucha pasta —siguió tentando Cosme.

—¡Y mucha mierda que nos puede salpicar! —protestó el Sevillano.

—La cantidad compensa el peligro —dijo Cosme.

—¿Cuánto? —preguntó el Sevillano por curiosidad.

—Para ti, dos millones de pesetas. Ahora mismo —respondió Cosme disimulando una sonrisa de triunfo.

Al Sevillano comenzaban a desaparecerle los escrúpulos y Cosme le dejó que se tomara su tiempo para pensar.

—¡Eh! ¡¿Empezamos o qué?! ¡¿Por qué habláis tanto?! —gritó Martín presa del pánico desde la entrada del almacén.

Tenía la boca seca y las manos sudorosas. El Sevillano lanzó un suspiro y por primera vez apartó la vista de Martín.

—¿Has pensado en que cada copia que se venda puede ser una prueba en nuestra contra? —preguntó el Sevillano intrigado.

—Del vídeo solo existirá una copia, la que nosotros filmemos —dijo Cosme—. No habrá distribución clandestina en videoclubs de barrio ni se venderá en mercadillos ni tras teléfonos ocultos. Mi contacto se encargará de organizar sesiones y cobrará por cada visionado. El vídeo nunca escapará a nuestro control.

El Sevillano era un mar de dudas. Los ojos le bailaban dentro de las órbitas como si buscara una solución de urgencia que le sacara de la confusión y le arrancara de cuajo sus temores. Cosme abrió la bolsa más pequeña y se la puso delante. Allí estaban los dos millones de pesetas en billetes de quinientas y de mil.

—¿Qué me dices? —presionó Cosme.

Después de unos interminables segundos de lucha interna el Sevillano asintió con la cabeza.

—¡Genial! —se alegró Cosme—. Ya verás como todo nos irá bien. Confía en mí. No te arrepentirás.

Metió la mano debajo del dinero y extrajo del fondo de la bolsa una toalla que hacía las veces de envoltorio.

—Mira esto —dijo Cosme.

Extendió la toalla sobre la mesa y mostró el contenido: tres cuchillos de diferentes tamaños, unos alicates, una tenaza, unas tijeras de podar, una alezna, un martillo, un soplete de cocina, una cuerda y cinta americana. El Sevillano observaba los instrumentos con un gesto a medio camino entre la fascinación y el horror. Tras unos momentos de vacilación lanzó un profundo suspiro, cerró la bolsa con el dinero, cogió la cuerda, la cinta americana y la silla y salió de la oficina. Cosme preparó la cámara de vídeo y se dispuso a grabar.

11

Ni Marga ni la Señorita Caridad habían podido pegar el ojo en toda la noche. Los lloros de Blas no les habían dejado dormir. Esa mañana llovía a cántaros y cuando llovía de esa manera se quedaban en el viaducto. La Señorita Caridad calentó leche en el infiernillo y desayunaron allí. Martín no había vuelto y Marga estaba muy preocupada. Sin embargo, ninguna de las dos se atrevió a conjeturar sobre su ausencia. De hecho no hubo tema de conversación alguno entre ellas, ni una sola palabra. Su silencio pesaba tanto que hasta el sonido de la lluvia y los berrinches del bebé de la Tetona se quedaban en un segundo plano.

—¡Qué suplicio! —se lamentó la Señorita Caridad.

—A lo mejor está enfermo —sospechó Marga.

—Vamos ahora mismo a ver qué le pasa a ese niño —dijo la Señorita Caridad frunciendo el ceño.

Se pusieron unos viejos chubasqueros y recorrieron los apenas diez metros que las separaban del rincón de la Tetona.

—Buenos días, Tetona —saludó la Señorita Caridad.

—Buenos días —respondió la Tetona sin dejar de acunar a su bebé.

—¿Está malito? —preguntó Marga interesada.

La Tetona miró a Marga un instante y se encogió de hombros.

—A lo mejor tiene fiebre —apuntó la Señorita Caridad.

—Es un cólico. Se pondrá bien enseguida —contestó la Tetona mientras seguía meciendo a Blas entre sus brazos.

—¿Estás segura de que lo que tiene es un cólico? ¿No crees que habría que llevarle a que le vea un médico? —intentó convencerla la Señorita Caridad.

—¡Ya te he dicho que se pondrá bien! —dijo la Tetona levantando la voz.

—Vale, vale... —dijo la Señorita Caridad con las manos en alto como si la apuntaran con una pistola—. Yo solo me preocupaba por él.

—Pues no es necesario que te preocupes tanto —dijo la Tetona.

—Pues no lo haría si no hubiera estado llorando toda la noche —replicó la Señorita Caridad.

Se pusieron a discutir.

—Nadie se ha quejado, solo vosotras —dijo la Tetona.

En ese momento Marga vio al Sevillano llegar al viaducto solo y se apresuró a hablar con él.

—¿Adónde vas tan deprisa? —se alarmó la Señorita Caridad.

—A preguntarle al Sevillano dónde está Martín —respondió Marga.

—Que tengas buen día, Tetona, y que se mejore tu pequeño —se despidió la Señorita Caridad con cierto retintín.

Cuando la Señorita Caridad llegó al rincón del Sevillano, Marga ya estaba dentro de su chamizo.

—¡¿Dónde está mi hermano?! —preguntó Marga de malas maneras.

El Sevillano, que se acababa de acostar, se incorporó y miró unos instantes a la niña como si no la conociera.

—¿Tu hermano? ¿No está aquí? —dijo el Sevillano haciéndose el despistado.

—¡Sabes que no! —respondió Marga impacientándose.

—¡¿Y a mí qué coño me cuentas?! ¡Lárgate de aquí! —dijo el Sevillano dándose la vuelta en su camastro.

—¡¿Qué le has hecho a mi hermano?! —gritó Marga encolerizada.

—¡A mí no me levantes la voz o...! —comenzó a decir el Sevillano incorporándose de la cama.

—¡Cuidadito con lo que haces! —se interpuso la Señorita Caridad con una navaja en la mano—. ¡Cómo te acerques a la niña te rajo!

El Sevillano retrocedió un paso.

—¡Contesta! ¡¿Dónde está Martín?! —le preguntó ahora la Señorita Caridad.

El Sevillano tenía la punta de la navaja a unos centímetros de su cuello.

—A ver... A mí me dijo que se venía por su cuenta... Yo creía que estaba aquí —titubeó.

—¡Pues aquí no ha venido! ¡Embustero! —gritó Marga.

Si en ese momento hubiera sido un chico, midiera dos metros y tuviera la fuerza de dos gañanes le hubiera sacado la verdad a palos.

—Aparta esa navaja que mira que te la estás jugando. Que yo no me ando con chiquitas, Caridad ¿Me entiendes? —amenazó el Sevillano.

—Para ti, Señorita Caridad —le interrumpió ella burlona.

—Para mí no eres más que una puta —la insultó él.

Marga le dio una patada en la espinilla con tanta fuerza que, a pesar del grosor de la bota, se hizo daño en la punta del pie. El Sevillano hizo un gesto de dolor y acto seguido levantó la mano para golpear a Marga, pero la Señorita Caridad le puso la punta de la navaja en el cuello.

—¡He dicho que como la toques un pelo te rebano el pescuezo! —dijo la Señorita Caridad con los ojos enrojecidos por el odio.

—Me parece que tú y yo vamos a tener una charla muy pronto... —dijo el Sevillano con la boca pequeña.

—¡Vámonos de aquí! ¡Que este hoy no nos va a decir la verdad! —sentenció la Señorita Caridad.

Marga se fue corriendo a su rincón, se tumbó en el colchón y se puso a llorar de impotencia. La Señorita Caridad se sentó junto a ella y le acarició el pelo durante un rato confiando en que eso le proporcionara algo de consuelo.

—Parece que está dejando de llover —dijo la Señorita

Caridad mirando al cielo—. ¿Quieres que salgamos a dar una vuelta?

—Yo sé dónde hacen los vídeos —dijo Marga entre sollozos haciendo caso omiso de la proposición—. Sé cómo ir.

La Señorita Caridad suspiró y fue como si exhalara su último aliento.

Cogieron el Metro y recorrieron el itinerario que tan bien recordaba Marga y que finalizaba en la estación de Antonio Machado. Desde ahí caminaron hasta la Urbanización Puerta de Hierro y hasta el chalet de Cosme donde se organizaban las peleas.

La Señorita Caridad llamó al portero automático. Nadie respondió. Llamó otra vez. Y otra. Y otra...

—¡No damos limosnas! ¡Largaos...!

La voz que surgía del interfono estaba cargada de desprecio.

—Sé que mi hermano estuvo ayer aquí —dijo Marga acercándose al aparato.

De repente se hizo el silencio, la comunicación se cortó y unos segundos después Cosme se plantaba en la entrada del chalet con el aspecto de no haber dormido en toda la noche.

—Me acuerdo de ti, viniste el otro día con el Sevillano —dijo Cosme mirando fijamente a Marga—. Eres la hermana de... ¡bah!, como se llame.

—¡Martín! ¡Se llama Martín! —se enfadó Marga.

—Queremos saber qué ha pasado con él —dijo la Señorita Caridad en tono amable.

—Yo no sé nada —se inquietó Cosme—. Así que marchaos que tengo cosas que hacer.

Hizo ademán de volver dentro de la casa.

—O nos dices ahora mismo qué le ha pasado o le cuento a la policía los chanchullos que os traéis entre manos —amenazó la Señorita Caridad.

Cosme miró a ambos lados de la calle para cerciorarse de que no hubiera ni vecinos ni curiosos cerca.

—Pasad...

Una vez dentro Cosme cerró la cancela y se tomó unos segundos para ordenar las ideas.

—El chico... o sea, Martín —rectificó Cosme—, estaba muy nervioso. Quería recibir el dinero por adelantado. Dijo que se iría si no le dábamos su parte.

—¿Cuánto era su parte? —preguntó la Señorita Caridad.

—Era con el Sevillano con quien yo tenía el acuerdo. Yo le pagaba a él y él pagaba al... a Martín. Lo que le diera el Sevillano es cosa de ellos —contestó Cosme a medias.

—Esa no era la pregunta. La pregunta era «¿Cuánto?» —le refrescó la memoria la Señorita Caridad.

—Veinte mil pesetas. Esa fue la cantidad que pidió —dijo Cosme.

—¿Y se la diste? —preguntó la Señorita Caridad.

—Sí —respondió Cosme.

—¿A Martín o al Sevillano? —siguió preguntando la Señorita Caridad.

—A Martín. Después discutieron y el chico se fue. Ahí se acabó todo —dijo Cosme mirando a Marga de soslayo.

—¡No me lo creo! —dijo Marga elevando la voz.

—Pues es lo que pasó —dijo Cosme.

—¡Está mintiendo, Señorita Caridad! —gritó Marga desesperada.

—Tranquila, mi niña. Que estos no se van a salir con la suya —dijo la Señorita Caridad sin apartar la mirada de Cosme.

—¡Oye, ya os he dicho todo lo que sé! ¡Ahora largaos y no volváis por aquí...!

Cosme abrió la cancela y las echó del chalet de malas maneras.

En el comedor social de la calle Doctor Cortezo no cabía un alfiler. Los mendigos rebañaban sus platos como si se tratara de su última cena. Sin embargo, Marga no había probado la comida. Jugueteaba con la cuchara como si eso la estuviera ayudando a ordenar sus pensamientos.

—¿Qué cree usted que le habrá pasado a Martín? —preguntó Marga temerosa.

—¡Anda!, deja de darle vueltas al asunto durante un rato —dijo la Señorita Caridad.

Pero Marga no podía quitárselo de la cabeza.

—Tengo miedo de que le haya pasado algo malo —dijo Marga desconcertada.

—Lo sé. Y yo también. Pero poco podemos hacer salvo esperar...

La Señorita Caridad miró a Marga con preocupación.

—... Apenas si has comido dos cucharadas de sopa y

la tortilla francesa ni la has probado —dijo la Señorita Caridad—. Por lo menos cómete la manzana.

—No tengo hambre —dijo Marga con la mirada perdida.

—Si no comes algo más esta noche te sonarán las tripas —avisó la Señorita Caridad.

—¿La quiere usted? —le ofreció Marga.

—Me la llevo por si luego te entra el hambre —dijo la Señorita Caridad cogiendo la manzana y guardándosela en un bolsillo del faldón.

Tras la cena deambularon por ahí hasta la hora de recoger los presentes de las empleadas de El Corte Inglés y luego regresaron al viaducto.

—Atún en aceite, calamares en su tinta, jamón york... Mientras la Señorita Caridad hacía balance del botín, Marga permanecía tumbada en el colchón rodeada de incógnitas y atrapada por las dudas.

—... Melocotón en almíbar, una lata de espárragos, un paquete de Phoskitos... Nos los comeremos mañana para desayunar —le dijo a Marga—. Dos para ti y dos para mi...

La niña forzó una sonrisa y volvió a perderse en sus pensamientos.

—... Dos latas de sardinas, Nescafé descafeinado...

De repente un golpe seco seguido de un extraño sonido gutural interrumpió el recuento. A apenas cuatro metros de ellas se había estampado un cuerpo. ¡Un suicida! Marga se asustó muchísimo y corrió a abrazarse a la Señorita Caridad. Enseguida se acercaron los demás mendigos para saquear el cadáver antes de que llegaran la ambulancia y la policía.

—¡Es Rebeca...!
La voz del Contable se escuchó por encima de las demás. La Señorita Caridad se acercó al cuerpo para, efectivamente, comprobar que se trataba de Rebeca, una transexual con quien compartían espacio en el viaducto.

Nació y creció como un chico, pero ya en el colegio sus compañeros se burlaban de él por sus maneras afeminadas. Y es que a Pedro Martínez Valle le tiraban más las poses de las niñas que las de los niños.
Antes de cumplir los dieciocho años ya era uno de los habituales de las zonas *cruising* de Madrid donde cobraba cien pesetas por una paja y trescientas por una mamada a los gais cincuentones que andaban buscando jaleo con desconocidos. Y así, entre el parque de Las Ventas y los baños públicos de la estación de Chamartín, se sacaba un dinerillo para sus gastos.
Pedro Martínez salió del armario y confesó abiertamente su condición de homosexual. Tras el escándalo inicial y una pertinaz insistencia, sus padres, con tal de no verle sufrir, accedieron a pagarle las operaciones para transformar su figura. Con el dinero necesario y con el beneplácito de su familia, Pedro se hormonó durante un año y viajó después a Río de Janeiro donde se implantó pechos y esculpió su cuerpo a base de silicona.
Cuando regresó a Madrid convertido en Rebeca, sus padres no pudieron soportar la grotesca versión femenina de su hijo y le echaron de casa. Para apagar sus conciencias le tendieron un talón por valor de tres millones

de pesetas y «si te he visto no me acuerdo». A Rebeca no le importó separarse de sus padres, es más, para él/ella supuso una liberación.

Rebeca se dedicó a la prostitución y no como necesidad u obligación sino como forma de vida. Los viernes, sábados y domingos por la noche vendía su cuerpo en la calle Pedro de Valdivia y los lunes, martes y miércoles lo hacía en la calle Jenner.

Corría el año 1982, el año del mundial de fútbol en España, y entre españoles, italianos, argentinos, alemanes... Rebeca «hizo su agosto». Durante el mundial pudo llegar a embolsarse hasta cien mil pesetas por noche. Ganaba cantidades ingentes de dinero que gastaba en fiestas, alcohol y cocaína. Y así durante tres años en los que vivió rodeada de excesos y de caprichos.

Una noche, mientras trabajaba en la calle, cuatro jóvenes solicitaron sus servicios a cambio de cuarenta mil pesetas. Como Rebeca ya estaba curada de espanto accedió a subir con ellos al coche. Los chicos, unos extremistas de ultraderecha, le llevaron a una carretera solitaria cerca de El Pardo y una vez allí le desnudaron, le rajaron por todo el cuerpo, le arrojaron al arcén como si fuera una alimaña y emprendieron la huida.

A la mañana siguiente un trabajador de una finca cercana encontró a Rebeca al borde de la muerte. En el hospital le atendieron de Urgencias y consiguieron salvarle la vida pero las secuelas que le quedaron tardarían en curar. Sus agresores la apuñalaron sabiendo muy bien lo que hacían. Pincharon todas y cada una de las bolsas de silicona desinflando su hermosa figura de mujer.

Cuando salió del hospital ya no era Rebeca, era otra vez Pedro. Pero no conforme con eso volvió a hormonarse y a viajar a Brasil para someterse a una nueva operación reconstructiva. Recuperó su aspecto de mujer pero, por mucha silicona que modelara su cuerpo y por mucho maquillaje que se pusiera, no pudo ocultar las terribles y sinuosas cicatrices que recorrían su anatomía.

Volvió a la calle pero los clientes, aunque detenían sus vehículos y le preguntaban por sus servicios, tras vislumbrar las marcas en su piel, reanudaban la marcha y pasaban de largo. Probó en otros lugares menos céntricos y exclusivos de la ciudad pero corrió la misma suerte. Rebajó su caché y buscó otro tipo de clientela en carreteras del extrarradio y en polígonos industriales pero, aunque trabajaba algo más, el dinero que ganaba no era suficiente para mantener su ritmo de vida habitual.

Pasó de la cocaína a la heroína mezclada con anfetaminas y cuando el presupuesto no le llegaba se pasaba al alcohol. Acudía a trabajar drogada o borracha lo que provocaba que más de un cliente se aprovechara de ella y, tras recibir el servicio, le diera una paliza y le robara el dinero. Su aspecto se resintió. Los implantes de silicona poco a poco fueron cediendo hasta el punto de ser colgajos que deformaban su cuerpo. Pero lo peor de todo fue que Rebeca se infectó del VIH. Y fue en ese momento cuando buscó refugio en el viaducto, y quien sabe si una muerte tranquila.

Los mendigos se arremolinaban en torno al cadáver de Rebeca.

—¡Pobre chica! —dijo apenado Paco Apuestas.

—Esa no lleva nada encima que interese —comentó con desprecio el Sevillano—. Además, tenía el SIDA.

Al oír esto algunos retrocedieron un paso.

—¿A quién le toca llamar? —preguntó la Robacasas.

—Señorita Caridad, creo que a ti —señaló el Contable.

La Señorita Caridad comprobó las monedas que tenía en el bolsillo.

—Vamos, Marga. La cabina está aquí al lado —dijo resuelta la Señorita Caridad.

Salieron a la calle Segovia y caminaron veinte metros hasta donde se encontraba la cabina telefónica más cercana, una vez allí la Señorita Caridad marcó el teléfono de la policía y, sin identificarse, denunció el suicidio de Rebeca.

Carlos Roncero Salgado era un fotógrafo de la muerte de cuarenta y tres años con una enorme carga familiar que soportar. De él dependían sus dos hijos. El menor de ellos, de dieciséis años, era un «bala perdida», caprichoso y arrogante a quien nunca le faltó de nada pero que el trauma que le ocasionó la muerte de su madre, cuatro años atrás, le hizo abandonar sus estudios y echarse a perder. Su hija mayor, de diecinueve años, estaba esperando un trasplante de hígado que no acababa de llegar. Mientras tanto dependía de un fortísimo tratamiento hepático que la dejaba con la vitalidad mermada y con el ánimo por los suelos.

Desde que murió su esposa, Carlos trató de compensar con dinero la falta de tiempo y de atención que les dedicaba a sus hijos. Pero pasaba tanto tiempo intentando ganar ese dinero que acabó alejándose emocionalmente de ellos.

Hasta hacía unos meses Carlos trabajaba como fotógrafo *freelance* para una editorial especializada en libros de cocina. Su labor consistía en tomar fotografías de los bodegones de comidas y de los ingredientes de las recetas. En ocasiones también les tomaba fotos a los cocineros que ilustraban las portadas de los libros, aunque esto último sucedía solo cuando el fotógrafo jefe de la editorial estaba de vacaciones o ausente por algún motivo.

Carlos se ganaba bien la vida, pero las cosas comenzaron a ir mal cuando el fotógrafo jefe empezó a enseñarle el oficio a su hijo que, casualidades de la vida, acababa de montar un estudio fotográfico. Antes de lo esperado el hijo del fotógrafo jefe ya se estaba ocupando de los bodegones. Entonces se produjeron dos noticias, una buena y una mala. La buena era que el cien por cien de los beneficios de las fotografías de la editorial se quedó «en familia». Y la mala que Carlos se quedó sin trabajo.

Buscó empleo en otras editoriales, en supermercados para la elaboración de sus catálogos de ofertas, en todo tipo de comercios, en imprentas, en agencias de publicidad, como ayudante de otros fotógrafos..., pero el servicio ya lo tenían cubierto y nadie estaba en disposición de cambiar. Como autónomo y sin unos ingresos recurrentes, Carlos no tardó en tener dificultades para llegar a fin de mes y, lo que era peor, para hacer frente al costoso tratamiento de su hija.

Pero una especie de suerte luctuosa le vino a ver para sacarle del atolladero. Un amigo suyo, que trabajaba en la central de ambulancias de Madrid recibiendo las llamadas de Urgencias, le comentó que había fotógrafos que se encargaban de hacer instantáneas a cadáveres, personas accidentadas y otras lindezas. Estas fotos se vendían muy bien a determinadas publicaciones y algunas veces también a periódicos nacionales. Dada la situación de Carlos, su amigo pensó que el asunto podría interesarle. No lo dudó un instante. Al día siguiente comenzó a trabajar como fotógrafo de la muerte.

La cosa funcionaba así: su amigo recibía una llamada en la central de ambulancias, daba el aviso correspondiente para que el servicio de Urgencias se pusiera en marcha de inmediato y al mismo tiempo informaba a Carlos, *off the record*, de todos los detalles. La conclusión es que la ambulancia y el fotógrafo llegaban prácticamente a la par al lugar del siniestro. Fue de esta manera como Carlos tuvo conocimiento de los suicidios del viaducto de Segovia.

Los mendigos se alejaron del cadáver de Rebeca cuando vieron llegar a Carlos con la cámara preparada. El fotógrafo ajustó el objetivo y tomó las fotografías que necesitó. Luego sacó algunas instantáneas a los indigentes para su colección particular. De repente hubo una imagen que le interesó en especial: la de una niña abrazada a quien podría ser su madre. Se acercó a ella y disparó la foto. Ni a Marga ni a la Señorita Caridad pareció importarles.

—¿Cómo te llamas? —preguntó Carlos fascinado.

—Margarita Barrios Fonseca —respondió tímidamente.

—¿Y cuántos años tienes Margarita? —preguntó de nuevo Carlos.

—Doce —respondió Marga.

—¡¿No ves que la niña está asustada?! —le increpó la Señorita Caridad.

—Lo siento —se disculpó Carlos.

El fotógrafo se metió la mano en el bolsillo de la parka, sacó la cartera, extrajo un billete de cien pesetas y se lo dio a Marga. Esta lo cogió sin dudarlo.

—Gracias —dijo Marga muy bajito.

—De nada. ¿Podría volver a verte? —preguntó Carlos.

Marga se encogió de hombros.

—¿Y para que quieres ver tú a la niña? ¿Eh? —dijo la Señorita Caridad desconfiada.

—Para hablar con ella, solo eso —dijo Carlos intentando disipar sus sospechas.

—¿Solo para hablar? Mira que me extraña —dudó la Señorita Caridad.

Carlos no dijo nada más. Se limitó a sonreír y a marcharse del viaducto no sin antes lanzar una última mirada a Marga.

Aprovechando la presencia de los paramédicos, la Señorita Caridad les pidió una lista de los hospitales donde tal vez pudiera estar ingresado Martín. Y muy a su pesar también les pidió la lista de las morgues.

Hacía tiempo que no se oía llorar a Blas. Seguramente la Tetona se hubiera marchado lejos por temor a que los sanitarios que acudieron a recoger el cuerpo de Rebeca le quitaran al bebé. Eso es lo que pensó la Señorita Caridad. El caso es que esa noche, tanto ella como Marga, consiguieron dormir unas horas.

A la mañana siguiente comenzaron a recorrer los hospitales de Madrid. Cuando acabaron con los hospitales siguieron con las morgues. Y después de preguntar en las morgues preguntaron en albergues, en comedores sociales, a otros mendigos... Tras una semana de intensa búsqueda nadie supo decirles nada sobre Martín.

12

Marga estaba segura de que ni el Sevillano ni Cosme le habían dicho toda la verdad sobre Martín. Temía que le tuvieran encerrado en algún sitio y que no le dejaran salir por miedo a que acudiera a la policía o que estuviera malherido en alguna cuneta esperando a que alguien le socorriera o tal vez se pasaron de la raya pegándole y le llevaron a algún oscuro tugurio para que un médico borracho de manos temblorosas le curase las heridas... Presentía que algo malo le había sucedido y no estaba dispuesta a dejar las cosas así como así. Se incorporó del colchón y vio que la Señorita Caridad dormía. De hecho, todo parecía tranquilo en el viaducto. Solo el esporádico sonido del motor de los coches al pasar por la calles Bailén y Segovia alteraba ocasionalmente la calma. Marga se levantó con cuidado de no hacer ruido y de no despertar a nadie. Se dirigió al rincón de Paco Apuestas y observó los cacharros que amontonaba a la entrada de su choza: tablones, ladrillos, un par de cubos de plástico, medio saco de cemento, chapas de aluminio... y una barra de hierro de alrededor de medio metro de largo por un grosor de no más de tres centímetros de diámetro. Le pareció perfecta para sus fines. Cogió la barra y entró a hurtadillas en el chamizo del Sevillano. Se acercó de puntillas a él y le golpeó en la cabeza con todas sus fuerzas. Le dio tiempo a pegarle con la barra una vez más antes de que reaccionara.

—¡¿Qué le has hecho a Martín?! —gritó encolerizada.

A duras penas el Sevillano podía quitarse a la niña de encima. Ella seguía intentando golpearle en la cabeza, pero tan solo conseguía alcanzarle en los brazos.

—¡¿Dónde está mi hermano?! —preguntó fuera de sí.

El Sevillano logró propinarle una patada en el estómago, le quitó la barra de hierro, la abofeteó varias veces en la cara, la sujetó del pelo y la arrastró afuera del cubículo.

Las lágrimas brotaban deprisa de los ojos de Marga.

—¡Le has hecho daño! ¡Cabrón! ¡Miserable! —gritaba angustiada.

Los mendigos comenzaban a llegar al lugar de la contienda.

—¡Esta cría está loca! ¡Me ha pegado con una barra de hierro...!

El Sevillano se señaló la herida abierta en la cabeza. La Señorita Caridad llegaba también en ese momento.

—¡Le ha hecho algo malo! ¡Lo sé! ¡Estoy segura! ¡Sé que le ha hecho algo muy malo! —le dijo Marga a los mendigos.

Lloraba amargamente. La Señorita Caridad corrió a abrazarla.

—Tranquila, mi niña —dijo la Señorita Caridad atravesando al Sevillano con la mirada—. Verás cómo lo encontramos muy pronto.

—¡No siento aquí a mi hermano, Señorita Caridad!

Marga se llevó la mano al pecho y huyó desconsolada del viaducto. Estuvo perdida durante toda la noche. Deambuló sin rumbo hasta caer exhausta en una esquina cerca de la basílica de Jesús de Medinaceli donde se quedó dormida...

El tañer de las campanas de la iglesia despertó a Marga. Era domingo y la gente comenzaba a acudir a los responsos dominicales.

—¡¿Estás pidiendo limosna...?!

Un joven mal encarado y que parecía no haber dormido en días se plantó delante de ella.

—¡¿Eres sorda, o qué?! ¡Te he preguntado que si pides limosna! —insistió el joven de muy malos modos—. ¡A ver, enséñame el dinero que tienes!

Pero Marga estaba paralizada por el miedo y le costaba reaccionar.

—¡Que me lo enseñes o te cruzo la cara! —amenazó.

—¡No tengo dinero! ¡Por favor, no me pegues! —suplicó Marga cubriéndose la cabeza con las manos.

—¡Esta iglesia es del Chano! —se señaló a sí mismo con el dedo—. ¡Así que largo!

—Sí, perdón... Lo siento... Ya me voy... —balbuceó Marga mientras se levantaba del suelo.

—Aunque... espera un momento —dudó el Chano—. No te vayas todavía.

Parecía darle vueltas a alguna idea repentina. Marga le miró con desconfianza.

—¿Cuántos años tienes? —preguntó interesado.

—Doce —respondió Marga con apenas un hilo de voz.

—Bueno, un poco mayor pero como eres bajita a lo mejor me sirve —dijo el Chano—. ¡Ven conmigo!

Más por miedo que por otra cosa, Marga acompañó al Chano hasta la puerta de la iglesia.

—¡Haz lo mismo que yo! Extiende la mano y pon cara de pena —explicó el Chano—. A ver, pon cara de pena.

Marga lo intentó.

—No, así no. Así...

El Chano adoptó un gesto ridículo que pretendía transmitir compasión. Marga le imitó sin conseguirlo.

—¡Bah, déjalo! ¡Pon la cara que te salga del coño...!

—Lo siento —se disculpó Marga.

—¡Cállate y escucha! Cada vez que te den dinero repites: «Muchas gracias, que Dios le bendiga.» Cuando tengas varias monedas te las guardas en el bolsillo. ¡No, mejor me las das a mí! ¿Lo has entendido? —preguntó el Chano.

Marga asintió con la cabeza.

—¡Pues vamos al tajo! ¡Y cuidadito con jugármela! —le advirtió.

Estuvieron pidiendo limosna a la entrada y a la salida de las misas de nueve, diez, once y doce...

—¡Me cago en mi puta vida! ¡Esto es una mina! —exclamó el Chano mientras contaba el dinero que habían conseguido—. ¡Me has traído suerte!

—¿Y mi parte? —reclamó Marga.

—Luego te la doy —respondió el Chano con indiferencia.

—Tengo hambre —dijo Marga.

—¡Vamos, no me jodas! —se molestó el Chano—. ¡¿No te puedes aguantar?!

Marga negó con la cabeza.

—¡Puta niña de los cojones...!

Aunque el Chano lo dijo para sus adentros, Marga le escuchó perfectamente.

—¿A ver qué te parece esto...? Nos quedamos hasta que acabe la misa de una. Es cuando más dinero dan estos pringaos. Luego nos vamos a comer y te invito yo, ¿vale? —dijo el Chano intentando tener a Marga contenta.

No le quedaba otra opción que permanecer con él si quería recuperar su dinero.

Comieron en un bar cercano y luego se dirigieron a la plaza de Neptuno esquina con el paseo del Prado.

—¿Qué hacemos aquí? —preguntó Marga desconfiada.

—¡¿A ti qué leches te importa?! ¡Ya has comido, ¿no?! ¡Pues cállate la puta boca! —dijo el Chano sin tan siquiera mirarle.

—Dame mi parte —exigió Marga.

—¿Tu parte? ¿De qué coño estás hablando? —dijo el Chano con desprecio.

—¡Mi parte del dinero de la iglesia! ¡Quiero irme! —se enfadó Marga.

El Chano miró a ambos lados de la calle, se rascó la cabeza y pensó unos instantes.

—Mira, tú me traes suerte, ¿vale? Entre los dos hemos conseguido un pastizal pero todavía podemos ganar mucho más. Te propongo una cosa: ven conmigo a un sitio, después volveremos a la iglesia y cuando se acaben las misas de la tarde repartiremos el dinero a partes iguales. ¿Vale?

—Pero es que yo me quiero ir ya —protestó Marga.

—Por la tarde conseguiremos mucho más dinero que por la mañana, por lo menos el doble. Si repartimos ahora seguro que te vas a arrepentir. Además, yo cuidaré de que nadie te lo robe. ¿Vale? —dijo el Chano.

—Bueno, vale —contestó Marga encogiéndose de hombros.

El Chano observaba pasar a los coches tratando de identificar a uno en particular. Estaba muy nervioso y se comportaba como un animal herido que busca desesperadamente un refugio. Al cabo de una media hora se detuvo delante de ellos una destartalada furgoneta DKW de nueve plazas. El joven echó un rápido vistazo al conductor, abrió la puerta corredera lateral y él y Marga entraron dentro. Inmediatamente después el vehículo continuaba con su marcha. El interior estaba sucio y apestaba a vómito y a orín. Allí había siete personas más, la mayoría de aspecto famélico y enfermizo. Marga y el Chano se sentaron uno detrás del otro en los dos únicos asientos libres que quedaban. Nadie les prestó la más mínima atención.

—¿Adónde vamos? —preguntó Marga sin apartar la vista del yonqui de su derecha.

Estaba muy asustada.

—Al supermercado a comprar —contestó irónico el Chano.

La vieja DKW se detuvo justo a la entrada del camino de la China. El conductor se bajó de la furgoneta y abrió la puerta urgiendo a sus pasajeros a abandonar el vehículo. En la siguiente esquina un hombre de aspecto agitanado les estaba esperando. Todos, excepto Marga, sabían lo que tenían que hacer.

—¿Adónde vamos? —volvió a preguntar Marga.

—¡Te quieres callar ya de una puta vez! —le susurró al oído—. ¡Vamos donde a mí me salga de los huevos!

El grupo fue al encuentro del gitano. A un lado y al otro de la calle se apelotonaban las chabolas, la mayoría de ellas construidas a partir de muros a medio derruir. Unos cuantos niños jugaban al fútbol ajenos a su presencia. Los viejos tomaban el último sol de la tarde a la puerta de sus casas sin quitarles el ojo de encima como si estuvieran contemplando al séquito de un cortejo fúnebre. Una mujer salía de su tugurio con una bolsa de basura en una mano y con un bebé en la otra, lanzaba una rápida mirada al grupo y luego arrojaba la basura en medio de la calle. Marga tenía mucho miedo.

—¿Tenéis lo mío? —les preguntó el gitano.

El Chano sacó del bolsillo un montón de monedas y algún que otro billete, hizo un rápido recuento y después se lo entregó todo. El resto hicieron lo mismo.

—¿Y esta paya? —señalo el gitano a Marga.

—Es mi socia —respondió el Chano forzando una sonrisa.

Después de contar minuciosamente el dinero el gitano les condujo al interior de una chabola de sobra conocida. A un par de metros de la entrada había un portón blindado. El gitano se adelantó al grupo y dio unos golpecitos con los nudillos.

—¡Mami, ocho papelas...!

Al cabo de unos segundos una rotunda mujer de alrededor de cincuenta años, abrió la puerta, le entregó las papelas con la droga a su hijo, echó un rápido vistazo a las personas que tenía enfrente y se detuvo en Marga.

—¿Y tú qué haces aquí? —se extrañó Mami.

—Viene conmigo... —respondió el Chano.

—No te lo he preguntado a ti, se lo he preguntado a ella —dijo Mami seca.

El Chano retrocedió un paso.

—¡¿Que qué haces aquí?! —insistió la matriarca.

—Yo... voy con él. —Marga señaló al Chano.

—¿Y no quieres jaco? —le preguntó con mala intención.

Marga se encogió de hombros.

—Ella solo me acompaña... —salió al paso el Chano.

—¿La churumbela te acompaña hasta aquí y no se va a poner? —preguntó Mami visiblemente contrariada.

El Chano bajo la cabeza preparándose para aguantar la bronca.

—¡Quien viene a mi casa viene a pillar! ¡Los acompañantes no son bienvenidos...! —dijo Mami elevando el tono de voz.

—Es que... venimos a pillar los dos —dijo el Chano amedrentado.

—¡¿En qué quedamos?! —se impacientó Mami.

—En que me des otra papela para ella —pidió con el único propósito de salir airoso del lío en el que se había metido.

Mami le miró con recelo durante unos segundos.

—¿Cómo te llamas? —volvió a preguntarle a Marga.

—Margarita Barrios Fonseca.

—Bueno Margarita, ¿es la primera vez que te pones?

Marga no contestó, ni siquiera miró a Mami a los ojos. La oronda matriarca volvió al interior de la chabola y al cabo de unos segundos regresó con un pequeño paquete en la mano.

—¿Te vas a encargar tú? —le preguntó de nuevo al Chano.

—Claro, Mami. Ya lo hago yo —respondió el Chano.

Le entregó el paquete.

—A esta invito yo. Ahí tienes de todo —señaló Mami—, una papela, una jeringa... ya sabes, para que no le metas el jaco con tu aguja no vayas a pegarle algo. En media hora me pasaré por el «Muro» para comprobar que no me sirlas.

—Te juro Mami que no te voy a engañar. Primero le pincho a ella y luego me pincharé yo —le aseguró el Chano.

En ese momento Marga comprendió con espanto de lo que estaban hablando.

—Bienvenida. No tengo muchos clientes tan jóvenes como tú —dijo Mami.

Le acarició la mejilla, esbozó una sonrisa cargada de maldad y desapareció tras la puerta blindada. Después su hijo repartió las papelas y les echó a todos a la calle.

A pocos metros de la chabola se encontraba una casa derruida que años atrás había sido un importante punto de venta de droga, ahora desarticulado por la policía. Era lo que llamaban el «Muro». La totalidad del grupo se dirigió allí. El habitáculo solo conservaba las paredes exteriores pero estaba lo suficientemente resguardado como para ser el lugar preferido por los yonquis para «meterse» la droga. El lugar apestaba a podredumbre. Marga estaba sobrecogida por el espectáculo que tenía ante sus ojos. Apoyadas en las paredes había seis personas. Un chico y una chica de no más de dieciséis años, dormitaban juntos con las jeringuillas aún clavadas en sus antebrazos, un hombre vomitaba de manera convulsiva tras inyectarse su dosis y los demás aún permanecían inmersos en el ritual. Se fijó en un yonqui que tenía el brazo ensangrentado y que se clavaba la aguja una y otra vez sin conseguir hacerlo en una vena. De repente cesó en sus intentos y se quedó mirando a Marga.

—¿Me ayudas? —le pidió el yonqui—. Yo no veo una mierda y mi piba, que era la que me pinchaba, me ha dejao colgao.

—¡Ayúdate tú, hijo puta! ¡Y deja en paz a mi socia! —le espetó el Chano.

La sensación de horror que se había apoderado de Marga era indescriptible.

—A ver, ¿tienes dinero? —le preguntó el Chano al yonqui cegato.

—¿Qué pasa? ¿Me vas a chorar, o qué? —contestó el yonqui.

—Te vendo una papela a mitad de precio —dijo el Chano.

—¿A mitad de precio? —preguntó extrañado el yonqui.

—¡¿Tienes dinero sí o no?! —se impacientó el Chano.

—Algo tengo. A ver ese caballo —exigió el yonqui desconfiado.

El Chano le dio la papela que Mami le acababa de vender. El yonqui cegato tomó un poco de heroína con el dedo índice y la paladeó para verificar su autenticidad. Luego sacó del bolsillo unos billetes, los contó hasta el precio pactado y se los entregó al Chano.

—Buen negocio, sí señor —dijo el Chano guardándose el dinero.

—Me da que el buen negocio lo has hecho tú —dijo el yonqui.

Y volvió a intentar clavar la jeringa en la diana.

El Chano se apostó en uno de los rincones que quedaban libres, a una distancia prudencial del resto.

—Siéntate aquí a mi lado —le indicó a Marga.

La niña obedeció sin rechistar. En ese momento se sentía más segura a su lado que en ningún otro sitio.

—¿Sabes lo que me ha dado la gorda gitana para ti? Droga —susurró el Chano—. Y quiere que te la clave en las venas como hacen todos esos desgraciados. Así que para que esta droga tan mala no te haga daño me la voy a quedar yo. ¿Vale?

—Sí, vale —contestó de inmediato Marga muerta de miedo.

—Y cuando venga y te pregunte por el jaco, tú haces como si tuvieras mucho sueño —dijo el Chano.

—¿Y qué digo? —preguntó Marga.

—Nada, no dices nada. Solo haces como si te pesara la cabeza y cierras los ojos como si quisieras dormir. Con eso bastará para que crea que vas puesta. ¿Vale? —explicó el Chano.

—Vale —asintió Marga.

El Chano abrió el paquete que la matriarca le había regalado para Marga.

—Enséñame el brazo —dijo el Chano.

Marga extendió su brazo derecho, el Chano cogió la jeringuilla y le clavó la aguja en la vena.

—¡Ay! —protestó Marga al sentir el pinchazo.

—Esto es para que Mami se crea que te has metido el jaco y no piense que la estamos engañando. Esa mujer no es tonta.

Observó la sangre que corría por el brazo y le entraron ganas de ponerse a llorar. El Chano echó la heroína en una cuchara, la roció con jugo de limón, mezcló y calentó la solución resultante con un mechero Bic. Cuando comenzó a hervir puso un algodón encima, dejó que absorbiera el líquido, clavó la jeringuilla en él y extrajo la mezcla. Acto seguido se anudó una cinta de goma en su escuálido brazo, esperó unos segundos a que la vena brotara nítida y se inyectó la heroína. Vomitó varias veces y poco después cayó en un profundo sueño. Entonces Marga aprovechó que estaba dormido para quitarle todo el dinero que le quedaba y escapar a toda prisa de allí.

Marga recorrió el camino de la China, más conocido como Las Barranquillas, y llegó hasta la carretera de Villaverde a Vallecas. Después de casi dos horas de pesada caminata llegó a la plaza Beata María Ana de Jesús donde el cansancio y el hambre se convirtieron en obstáculos infranqueables. Aunque la noche estaba avanzada, se fijó en que todavía había bares abiertos en la zona así que entró en el primero con el que se topó.

—Dos croquetas y un vaso de leche, por favor —pidió Marga de forma apresurada apoyándose en la barra.

—¡Aquí no damos limosna! ¡Fuera! —gritó receloso el camarero haciéndose valer delante de las pocas personas que quedaban en el bar.

—Puedo pagar —dijo Marga.

Le enseñó todo el dinero que tenía.

—A saber a quién se lo habrás robado —comentó sarcástico el camarero.

—Ponme a mí dos croquetas...

Interrumpió un hombre que permanecía en la esquina de la barra apurando su bebida. El camarero se olvidó momentáneamente de Marga y acudió a atender la demanda de su cliente.

—... Y ponme también dos empanadillas y un pincho de tortilla —pidió el hombre de la esquina.

—¿Quiere que se lo caliente? —preguntó amable el camarero.

—¿Lo quieres caliente? —le preguntó el hombre a su vez a Marga.

La niña asintió. El camarero frunció el ceño.

—Caliente, por favor —dijo el hombre.

El camarero, molesto, lo metió todo en el microondas.

—¡Ah!, y un vaso de leche —pidió el hombre con gesto serio.

Le guiñó el ojo a Marga y esta respondió con una sonrisa.

—Cóbrate...

El hombre de la esquina extendió un billete de quinientas pesetas al camarero.

—Señor, puedo pagar —le dijo Marga.

—Si me lo permites, a esto te invito yo —dijo el hombre con una sonrisa de complicidad.

Marga se sentía muy incómoda en tal situación por lo que más que comer y disfrutar de la comida, la engulló a toda prisa y se marchó corriendo del bar.

El hambre había desaparecido pero el sueño no. Marga se cobijó de la intemperie debajo de uno de los árboles de la rotonda de la plaza y se dispuso a dormir luchando por que las lágrimas no le impidieran conciliar el sueño.

Hacía tiempo que había amanecido. La gente acudía a sus trabajos, los bares comenzaban a abrir de nuevo, los barrenderos barrían las calles, los autobuses de línea funcionaban a pleno rendimiento... Marga se desperezó, se sobrepuso al frío y, viendo que estaba rodeada de arbustos y que eso le garantizaba cierta intimidad, aprovechó para hacer sus necesidades básicas a salvo de miradas indiscretas. Una vez hubo terminado abandonó el pequeño arbolado de la rotonda y se puso a caminar sin un rumbo fijo. Enfrente estaba el bar donde la noche anterior le había atendido aquel camarero tan desagradable. Aunque estaba abierto y tenía dinero para el desayuno, no pensaba volver allí. Le llamaron la atención los niños que iban de la mano de sus padres con las mochilas a cuestas. Como no tenía nada mejor que hacer, les siguió hasta la entrada del colegio. Una vez allí se sentó en un banco en la acera de enfrente y se limitó a observar. Las mamás y también algunos papás se despedían de sus hijos con un beso en la mejilla. Eso le hizo acordarse de su madre y sonreír. Vio a los niños jugar en el patio, les escuchó contarse lo que les había pasado el fin de semana, la película que habían visto, las visitas que habían hecho... La alarma de entrada a las clases rompió el bullicio y en ese momento sintió una enorme pena. Los niños fueron entrando en fila al interior del edificio y, como si una cuerda tirara de ella, Marga se levantó del banco y entró en el colegio. Mientras avanzaba por el patio se cruzó con el conserje que acudía puntual a cerrar la puerta exterior. El hombre, más pendiente de las llaves que de otra cosa, ni tan siquiera se fijó en ella.

Marga accedió al edificio principal y avanzó por el pasillo central.

—¡Eh! ¡¿Qué haces tú aquí...?!

La cara sucia, la mirada triste, los andrajos con los que vestía... Marga no podía evitar parecer lo que era: una indigente. La directora del colegio, una emperifollada mujer de cincuenta y tantos años, le llamó la atención.

—¡Tienes que irte! ¡Aquí no se puede estar! —dijo la directora.

—Quiero...

Marga apenas podía hablar.

La directora se acercó a ella.

—... quiero...

Tenía un nudo en la garganta y luchaba por no llorar. La mujer estaba confusa.

—... quiero ir a clase —dijo Marga por fin.

Y estalló en lágrimas.

13

La directora del colegio tomó asiento tras su escritorio y le pidió a Marga que se sentara frente a ella en la silla de confidente.

—¿Tienes hambre? —preguntó la directora.

Marga se secó las lágrimas con las manos sucias y luego asintió con la cabeza.

La directora levantó el teléfono, marcó una extensión y esperó unos segundos.

—¿Puedes traer un vaso de leche con Cola Cao y unas galletas a mi despacho, por favor...?

La directora colgó el teléfono y luego observó unos instantes a Marga.

—Me llamo Mónica y soy la directora del colegio. ¿Cómo te llamas tú?

—Margarita Barrios Fonseca —respondió sin levantar la mirada del suelo.

—¿Dónde están tus padres? —preguntó la directora.

—Mi madre murió. No tengo padre —respondió tímidamente.

—¿Y no hay nadie que responda por ti? ¿Algún pariente...? —continuó preguntando Mónica.

Marga negó con la cabeza.

—¿Has venido tú sola hasta aquí?

—Sí —respondió Marga.

En ese momento llamaron a la puerta.

—Adelante —invitó Mónica.

Una de las empleadas del comedor entró con una bandeja en la mano, miró extrañada a Marga, dejó la bandeja con el desayuno encima de la mesa y luego salió del despacho cerrando la puerta tras ella.

—Puedes comer —le animó Mónica con una sonrisa.

Marga empezó a comerse las galletas y a beberse el Cola Cao.

—¿Vives en la calle? —siguió Mónica con su interrogatorio.

—Sí, pero estoy bien. No me falta de nada —dijo Marga.

—No se trata de eso... —comenzó a decir Mónica.

Buscaba las palabras con las que hacerse entender.

—... Se trata de ti. Existen centros para niños sin hogar...

—Yo no quiero ir a un reformatorio —le interrumpió Marga.

—No estoy hablando de reformatorios —aclaró Mónica.

—No quiero que me encierren —insistió Marga—. Yo quiero estar con niños normales.

La directora lanzó un profundo suspiro, se recostó sobre el respaldo de la silla y clavó su mirada en Marga. Después de un rato sonrió.

—Escúchame con atención...

Marga dejó el vaso de Cola Cao sobre la mesa y miró fijamente a la directora.

—... Para poder estudiar aquí necesitas tener un hogar y un tutor legal. Alguien que se haga cargo de ti ante cualquier eventualidad y que responda ante el colegio. ¿Puedes entender lo que te digo? —preguntó Mónica.

—Sí —respondió Marga.

—Sé que no tienes un hogar —continuó Mónica—, pero ¿hay alguien que pueda hacerse cargo ti y que acceda a ser tu tutor legal?

Marga pensó unos instantes y luego se encogió de hombros.

—Si hubiera alguien que se responsabilizara de ti, dile que venga a verme y estudiaré tu caso —dijo Mónica entrelazando las manos.

—¿Eso significa que podría ir a clase? —preguntó Marga ilusionada.

—Significa que lo estudiaría —aclaró Mónica.

Marga esbozó una sonrisa, se comió las galletas y se bebió el Cola Cao en un abrir y cerrar de ojos.

—¿Cómo puedo ir al viaducto de Segovia? —preguntó Marga con la boca llena.

—¡Mi niña! —exclamó la Señorita Caridad nada más ver a Marga aparecer en el viaducto.

Le dio un abrazo que casi le cortó la respiración y luego se la comió a besos.

—¡Te he buscado por todas partes! ¡¿Dónde te habías metido?! ¡Me has tenido muy preocupada! —dijo la Señorita Caridad a modo de regañina.

—Lo siento —se disculpó Marga.

Marga volvió la vista hacia el rincón del Sevillano.

—¿Ha vuelto Martín? —preguntó por preguntar.

—No —respondió la Señorita Caridad suavizando la negativa con una sonrisa.

Marga hizo una mueca de desencanto.

—¡Anda, vamos a nuestros quehaceres, que el dinero no cae del cielo! —dijo animosa la Señorita Caridad.

—Yo ya tengo dinero. No hace falta que salgamos hoy —dijo Marga.

Se apresuró a mostrarle el dinero que le había quitado al Chano.

—¡Madre del Amor Hermoso! ¡Eso es más de lo que normalmente conseguimos en un día! —exclamó la Señorita Caridad.

—Se lo quité a uno que se drogaba... Pero el dinero era mío —explicó Marga.

—Vamos al cobertizo y me lo cuentas todo —dijo la Señorita Caridad mientras le acariciaba la mejilla.

Paco Apuestas, así le llamaban en el viaducto, estaba apurando su brik de vino cuando el mismo mal olor de hacía ya varios días le hizo adoptar una mueca de desagrado.

—¡Joder que asco! —protestó—. ¡¿Alguien podría ocuparse de las ratas muertas?!

Pero nadie le hizo caso, ni siquiera la Tetona que era a quien tenía más cerca. La mujer acunaba sin cesar a Blas mientras le canturreaba nanas de manera casi obsesiva.

Francisco Ramos Rupérez, más conocido como Paco Apuestas, rondaba los cincuenta años, era albañil de profesión y en el barrio de Moratalaz se le conocía por ser el típico manitas a quien todo lo relacionado con el bricolaje se le daba de maravilla. Fontanería, carpintería, electricidad, pintura, mecánica..., daba igual el problema que le pusieran delante que él era capaz de solucionarlo en un pispás. Había arreglado averías en las casas de los vecinos, de los amigos de los vecinos, de los parientes de los amigos de los vecinos... Gracias a esta habilidad y siempre fuera de las horas de trabajo, Paco se sacaba un dinerillo extra que gastaba a escondidas de su mujer en las máquinas tragaperras. Algunas veces le tocaba el «especial» y ganaba mil duros, pero otras muchas perdía todo lo que había jugado. Haciendo un balance total digamos que acabó empeñado hasta las cejas.

La mala situación económica a la que se vio abocado le llevó a aceptar más encargos de los que podía abarcar, lo que hizo que descuidara su trabajo de albañil y que le acabaran despidiendo de la obra. En un principio esto no le importó, pues así tendría más tiempo para las chapuzas y ganaría más dinero. Y así fue. Crecieron las ganancias pero también las apuestas en las tragaperras. Una copa de coñac y diez partidas, otra copa de coñac y otras diez partidas...

Pero a Paco le vino una racha de mala suerte que duró demasiado tiempo. Iba de bar en bar buscando un «especial» que nunca aparecía. El azar hizo que lo perdiera todo. Pasaba la mayor parte del tiempo bebido, no prestaba atención a sus dos hijos, de vez en cuando «se le iba la mano» con su mujer y había abandonado por completo su higiene personal. Casi nadie contrataba ya al «manitas» de Paco. ¿Quién iba a darle trabajo a un borracho, sucio, viciado con las maquinitas? Su esposa tuvo que ponerse a faenar para sacar adelante a la familia. Fregaba suelos seis horas al día por un mísero sueldo y el poco dinero que ganaba desaparecía «misteriosamente» de la cartera e iba a parar a las ranuras de las tragaperras. Harta de tanto aguantar, no tardó en coger a sus hijos y marcharse con otro hombre más honrado y sin tantos vicios.

Las circunstancias llevaron a Paco a vivir en la calle entre cartones y botellas de Soberano. Acabó dando tumbos de un lado a otro y aceptando chapuzas por la voluntad. En el viaducto le pidió cobijo al Sevillano a cambio de construirle la mejor caseta del puente.

—¡Tetona! —gritó Paco Apuestas—. ¡¿A ti no te huele mal por aquí?!

La Tetona siguió meciendo al bebé sin prestarle la menor atención.

—¡Joder, Tetona, por lo menos podías contestar...!

Paco Apuestas se levantó del cajón en el que estaba

sentado y se aproximó a su vecina. Cuando estuvo lo suficientemente cerca el pestilente olor le echó para atrás. Se tapó la nariz con la mano y se acercó un poco más. Entonces vio el rostro del bebé. Estaba hinchado y amoratado y tenía algunas partes descompuestas. La mujer ni se apercibió de su presencia. Completamente horrorizado, el hombre aguantó la respiración y le quitó el bebé de los brazos. La Tetona le miró con una sonrisa en los labios.

—Ya no llora. Mi Blas ha dejado de llorar —dijo la Tetona.

El hombre le limpió la carita al bebé de porquería putrefacta y lo dejó en el suelo con sumo cuidado.

—Tengo que irme a trabajar. ¿Vas a cuidar tú de mi Blas? —preguntó la Tetona.

—Yo cuidaré de tu Blas —respondió Paco Apuestas siguiéndole la corriente.

La Tetona había perdido el juicio. Paco Apuestas vio que la ropita del bebé estaba manchada de sangre reseca y que su tripita estaba más abultada de lo normal. Le levantó el jersey y la camiseta y descubrió que tenía el estómago cosido con hilo grueso. Observó que a unos pocos metros la Señorita Caridad y Marga hablaban entre ellas ajenas a lo que estaba sucediendo. Sacó una navaja del bolsillo y cortó las costuras. El pestazo que surgió del interior casi le tiró de espaldas. Dentro del cuerpecito, metida a presión entre las vísceras, había una bolsa de plástico llena de billetes.

—Son mis ahorros —dijo la Tetona con una sonrisa desquiciada—. Con ellos mi Blas y yo dejaremos el puente y nos iremos a vivir a la playa.

A Paco Apuestas le temblaron las piernas ante tal atrocidad. Se tapó la nariz para hacer algo más soportable el hediondo olor, extrajo la bolsa del interior del cuerpo del bebé y la escondió en su pequeño chamizo. De entre sus enseres cogió una aguja de zapatero, hilo de bramante y regresó con la Tetona.

—¿Entonces cuidarás de mi Blas? —seguía con la misma cantinela.

—Sí, claro, no te preocupes. Ya me ocupo yo de él —dijo Paco Apuestas consciente de que la Tetona no estaba en sus cabales.

Procurando que ella no le viera hacerlo, enhebró la aguja con el hilo, cosió de nuevo el estómago del bebé y le ajustó la ropita dejándolo todo tal y como lo había encontrado. Mientras lo hacía estuvo a punto de vomitar varias veces. Por último recogió el cadáver del suelo.

—¡Socorro! ¡Venid! —gritó Paco Apuestas con el bebé muerto en brazos.

Los mendigos del viaducto se apresuraron en acudir a la llamada. La Señorita Caridad y Marga fueron las primeras porque eran las que más cerca estaban.

—¡¿Qué pasa?! ¡¿A qué viene tanto alboroto?! —preguntó la Señorita Caridad.

—El bebé, que está muerto. Y la Tetona, que se le ha ido la cabeza —respondió huidizo Paco Apuestas.

A Marga le invadió una mezcla de horror y lástima.

La ambulancia no tardó en llegar y con ella Carlos Roncero. Poco después aparecía la policía que, tras hablar con Paco Apuestas, se llevaba detenida a la Tetona. Marga aún no había salido del *shock* cuando el fotógrafo se acercó a ella.

—Volvemos a encontrarnos —dijo Carlos.

—Sí —sonrió Marga tímidamente.

—Quisiera hacerte unas preguntas, que me contaras algunas cosas... si no te importa. Me gustaría conocer tu historia —dijo Carlos.

—¿Y cuánto estás dispuesto a pagar? —se metió de por medio la Señorita Caridad.

—¿Pagar? —se indignó Carlos—. No creía que...

—Eres periodista, ¿no? —le interrumpió la Señorita Caridad.

—Soy fotógrafo —aclaró Carlos.

—Pues entonces querrás hacerle fotos —dijo la Señorita Caridad que se las sabía todas.

Carlos asintió.

—¿Cuánto le vas a pagar por las fotos, por la historia y por todo eso? —preguntó la Señorita Caridad.

—¿Cuánto me costará? —preguntó a su vez Carlos.

—No le costará nada —intervino Marga.

—No comprendo —se sorprendió La Señorita Caridad.

—Yo le cuento mi historia, usted me hace las fotos que quiera y a cambio será mi tutor —dijo Marga sonriente.

—¿Tu tutor? —preguntó Carlos extrañado.

—Usted solo tiene que venir al colegio conmigo y decirle a la directora que es mi tutor y que responde por mí —dijo Marga.

La Señorita Caridad no salía de su asombro.

—¿Quieres ir al colegio? —preguntó Carlos.

—No puedo sin un tutor. Usted solo tendría que dar su teléfono, la dirección de su casa y responder por mí —explicó Marga—. Seré buena estudiante y me portaré muy bien. Le prometo que no le daré problemas...

Carlos se quedó dudando durante unos eternos segundos ante lo inesperado de la propuesta y luego no supo qué responder.

14

Carlos invitó a Marga a su casa y le prometió a la Señorita Caridad que después de la entrevista la llevaría de vuelta al viaducto.

—Margarita, este es mi hijo Iván. Iván, esta es Margarita —les presentó.

Iván, que estaba tumbado en el sofá leyendo un cómic de Spiderman, miró a Marga de arriba abajo.

—Hola —saludó Marga moviendo la mano.

—Hola —respondió Iván con indiferencia.

Acto seguido se levantó del sofá y se fue a su habitación.

—No le hagas caso. Es imbécil —comentó la hija de Carlos entrando en ese momento en el salón.

—Mi hija, Silvia. Silvia, Margarita.

—¿Eres una de las modelos de mi padre? —bromeó Silvia.

Marga sonrió tímidamente.

—He quedado con unas amigas. Volveré después de cenar. ¡Ah! y a propósito...

Silvia se dirigió a Marga.

—... aprovecha que el frigorífico está lleno para tomar lo que quieras. No suele pasar a menudo en esta casa —regañó con la mirada a su padre.

Silvia sonrió a Marga con complicidad y luego les dejó solos.

—Siéntate, por favor, enseguida estoy contigo...

Carlos fue a la cocina, preparó una improvisada merienda y al cabo de un rato regresó con un vaso de Coca-Cola, un sándwich de Nocilla y una bolsa de patatas fritas.

—Como bien ha dicho mi hija, hay que aprovechar que el frigorífico está lleno —dijo Carlos.

Dejó la merienda sobre la mesita del salón y se sentó al lado de Marga.

—Muchas gracias —agradeció la niña.

Y se lanzó a por el sándwich de Nocilla.

—Bueno, háblame de cómo es tu vida —dijo sacando una libreta y un bolígrafo—. Cuéntame, ¿con quién vives en el viaducto?

Marga engulló el puñado de patatas fritas que se acababa de meter en la boca ayudándose de un trago de Coca-Cola.

—Está la Señorita Caridad que es como si fuera mi madre —comenzó a decir Marga todavía con la boca llena—. Ella se ocupa de mí y de mi hermano...

En ese momento dejó de hablar como si de repente fuera consciente de la ausencia de Martín.

—¿Sucede algo? —preguntó Carlos con cierta inquietud.

—No, nada —reaccionó Marga.

Se tomó un pequeño respiro antes de continuar.

—Con la Señorita Caridad salgo a pedir limosna. Es muy buena y se preocupa mucho por mí —aclaró Marga—. Era secretaria pero tuvo mala suerte en el trabajo. También fue puta pero no le gustaba y lo dejó. Luego está el Ingeniero que es muy listo y lo arregla todo, pero como se quedó sin familia y como se drogaba se convirtió en mendigo. Me parece que todavía se droga.

—¿Y todo eso cómo lo sabes tú? —preguntó interesado.

—Porque me lo ha contado la Señorita Caridad. Ella dice que para vivir en comunidad hay que saberlo todo de tus vecinos —dijo Marga.

—Buena recomendación —admitió Carlos.

—El Contable trabajaba en una empresa...

—¿Nadie tiene nombre allí? —interrumpió él.

—La Señorita Caridad se llama así de verdad, no tiene mote —especificó Marga.

Carlos esbozó una ligera sonrisa.

—El Contable robó en su empresa y por eso le echaron —continuó Marga después de pegarle un bocado al sándwich de Nocilla—. Bueno, robaron sus compañeros pero le echaron a él. Algo así. Luego le hicieron la vida imposible y se vino a vivir al viaducto. También está la Tetona...

—Es la madre del bebé muerto, ¿verdad? —quiso confirmar Carlos.

—Sí, la mamá de Blas —dijo Marga apenada—. Ella es puta y podría vivir en una casa pero dice que no le gusta malgastar el dinero. Por eso vive allí. Luego están Paco Apuestas que lo perdió todo jugando a las maquinitas, la Robacasas que es una choriza de mucho cuidado y que si te descuidas te quita la cartera, el Inversor que tenía mucho dinero pero que al final se quedó sin nada, la Leyenda que es una señora muy mayor que adivina el futuro, el Caníbal que se comió a su madre...

—¡Un momento, un momento! ¡¿Dices que se comió a su madre?! —preguntó sorprendido.

—Sí que lo hizo. Se volvió majareta. La Señorita Caridad me contó que el Caníbal cuidaba de su madre después de salir del trabajo. Ella le tenía muy dominado y le hacía sentir culpable por todo —explicó Marga—. Al parecer él se enamoró de una chica y se fue de vacaciones con ella, pero cuando volvió se encontró a su madre muerta. El Caníbal se volvió loco y se la comió.

Feliciano Rodríguez Montes fichaba a las nueve menos diez en las oficinas del Real Automóvil Club de España de la calle José Abascal de Madrid, como lo llevaba haciendo cada mañana de lunes a viernes desde hacía veinte años. Y como cada mañana, sacaba un café cortado extra de azúcar de la vieja máquina de vending Saeco y se sentaba en su puesto de trabajo del departamento de Matrículas a unos metros de Arancha, la nueva cajera del departamento de Cobros. Las miradas furtivas que entre sorbo y sorbo de café le lanzaba a la mujer, hacía tiempo que eran bien recibidas y, en más de una ocasión, devueltas con una sonrisa. Durante la última semana la cajera intentó forzar el encuentro para compartir con él los quince minutos de asueto que les correspondían a media mañana, pero Feliciano la evitaba sin un motivo aparente que justificara su huidiza actitud. Aunque motivos sí que había. A sus cuarenta y tantos años ya no tenía el ímpetu juvenil de relacionarse con el sexo opuesto, algo que además nunca le resultó tarea fácil, a lo que también había que añadirle un carácter demasiado formal, una irracional timidez y, sobre todo, la desproporcionada responsabilidad con la que se tomaba el cuidado de su anciana madre.

Feliciano no pudo esconderse de Arancha por mucho más tiempo. Al principio fueron encuentros aparentemente casuales pero luego ambos estaban de acuerdo en tomar café juntos. Y así un día y otro y otro... hasta que los quince minutos del desayuno se convirtieron en una agradable rutina para ambos. La timidez se fue reduciendo poco a poco y los besos a escondidas no tardaron en llegar. El verano ya estaba encima y los dos compañeros hicieron coincidir sus vacaciones durante la primera quincena de agosto para pasar una semana juntos en la playa. Lo que para Feliciano eran los albores de una vida feliz, en realidad, fue el comienzo de la peor pesadilla imaginable.

Después de salir del trabajo, Feliciano cogía el Metro en Iglesia hasta Carabanchel, el barrio donde vivía, compraba lo necesario en el supermercado SPAR de la zona y, sin perder más tiempo, marchaba a su casa situada en un tercer piso sin ascensor.

Nunca había un «buenas tardes», o «¿Qué te tal te ha

ido en el trabajo?»... Su madre siempre le recibía con un «¡¿Por qué has tardado tanto?! «¡Me tienes abandonada!», «¡¿Es que no te da vergüenza tratarme como me tratas?!»... Y bien es sabido que no podía tratar a su madre ni cuidar de ella mejor que lo hacía, hasta el punto de dedicarle su vida por entero. La anciana mujer tenía los huesos carcomidos por la artrosis, caminaba con dificultad y la movilidad en las manos era cada vez menor. Los continuos dolores hacían que no pudiera pasar sin un par de cápsulas diarias de Nolotil y el Omeprazol era ya un habitual de su dieta. Haciendo caso omiso de las andanadas de su madre, Feliciano le cambiaba el pañal por otro limpio, la aseaba, preparaba la comida y se la daba con mucha paciencia y buenas palabras. A continuación la recostaba en el sofá y conectaba la televisión para que se entretuviera con algún culebrón.

Cuando le dijo a su madre que había conocido a una buena mujer y que se iría unos días de vacaciones con ella, la anciana montó en cólera. A él le acusó de mal hijo y no se sabe de cuántas cosas más, y a ella la tachó de buscona, pelandusca, zorra... Feliciano no se esperaba esa reacción, en absoluto. Confiaba en que se alegrara por él y que, de alguna manera, le dejara marchar a la playa con su bendición. Dudó en si irse o quedarse, en si seguir con Arancha o en cortar la relación... Después de un crucial debate interno decidió continuar con sus planes. Le explicó a su madre que durante los días que estuviera de vacaciones la llevaría a un centro para personas mayores donde estaría bien atendida. Pero ella se negó en rotundo amenazando incluso con quitarse la vida. Finalmente, Feliciano optó por pagar a una asistenta que estuviera con ella día y noche, que la limpiara, le hiciera la comida y la sacara a pasear de vez en cuando.

Feliciano se fue a la playa quebrado por las dudas y lastrado por la responsabilidad. Ni que decir tiene que durante esos días tenía la cabeza más en su madre que en su incipiente amor. Tres días estuvo llamando por teléfono a su casa para preguntar a la asistenta por el estado de las cosas, pero al cuarto día ya nadie atendió la llamada. Las preocupaciones y los miedos de Feliciano arruinaron las vacaciones de Arancha quien, nada más volver a Madrid, no dudó en cortar por lo sano y en alejarse de aquel hombre tan problemático. Cuando Feliciano abrió la puerta y vio a su madre muerta en el suelo, al instante le asaltaron los remordimientos y los sentimientos de culpa. La anciana mujer se había tomado un bote entero de Omeprazol y una caja de Nolotil. Tras superar el terrible impacto inicial, buscó en la agenda el número de teléfono de la asistenta y la llamó una y mil veces pero nadie se puso al aparato.

Feliciano no pidió una ambulancia ni llamó a la policía, ni a los servicios sociales... En vez de eso se quedó sentado frente al cadáver de su madre lamentándose por no haber podido evitar su muerte y autocompadeciéndose por no haber estado allí con ella. Pensó en la locura que debió poseerla para llegar a tomar tan fatal decisión y en el dolor que tuvo que padecer. Intentó recordar los momentos felices que pasaron juntos cuando él era un niño y trató de imaginar su sonrisa de años atrás, pero le resultó imposible porque en su mente solo había cabida para imágenes de sufrimiento y de rostros marcados por la desdicha. Todos esos pensamientos le torturaron hasta la extenuación. No comía, no dormía... lo único que hacía era contemplar a su madre muerta y echarse la culpa por lo sucedido.

Pasaron varios días y la falta de sueño, la inanición y las dementes reflexiones llevaron a Feliciano a cometer una atrocidad. Enajenado y superado por las circunstancias, cogió un cuchillo de la cocina, troceó el cadáver y, pretendiendo adueñarse de su espíritu, al igual que hacían ciertas tribus del Amazonas al vencer a sus rivales, comenzó a comerse la carne de su madre.

El pestilente olor que inundaba el rellano del tercer piso alertó a los vecinos que no tardaron en llamar a la policía. Feliciano, que no hacía más que farfullar incongruencias acerca de su acto de antropofagia, acabó en prisión. Sin embargo, la investigación concluyó que no estaba relacionado con el fallecimiento de su madre. Además, como tampoco existía una ley que criminalizara el canibalismo, quedó libre de todo cargo.

Pero no hay ley más cruel que la que dicta la propia sociedad y fue precisamente esta ley la que condenó a Feliciano a la exclusión y al aislamiento. El ignominioso acto que cometió hizo que la familia que le quedaba acabara repudiándole, que perdiera el trabajo, que los vecinos huyeran de él como de la peste, que se quedara sin un amigo... De esta forma y después de pasar un sinfín de penurias Feliciano acabó vagando por las calles solo y desquiciado.

Carlos suspiró ante la crueldad del relato.

—... Hay más mendigos pero no sé mucho de ellos. ¡Ah, se me olvidaba! —recordó Marga—. También está el Sevillano, que es el jefe del viaducto...

—¿Tenéis un jefe? —preguntó Carlos frunciendo el ceño.

—Sí, el Sevillano —afirmó Marga—. Estuvo en la cárcel por matar a alguien en una farmacia. Es muy malo.

Marga volvió a meterse en la boca un puñado de patatas fritas y a beber Coca-Cola.

—¿Qué ha pasado con tus padres? —preguntó con cierto temor.

—Mi madre murió el año pasado y no sé quién es mi padre —dijo Marga encogiéndose de hombros.

Carlos tomó nota de esto y luego se quedó pensativo unos instantes.

—Antes dijiste que la Señorita Caridad se ocupaba de ti y de tu hermano. ¿Dónde está él? —preguntó intrigado.

Marga giró levemente la cabeza como si quisiera esquivar la pregunta, pero Carlos mantuvo la mirada fija en ella esperando una respuesta.

—El Sevillano se lo llevó una noche y no ha vuelto —dijo Marga apesadumbrada—. Se dedica a hacer películas crueles con otro que se llama Cosme...

—¿A qué te refieres con «películas crueles»? —se extrañó.

—Gente peleando y cosas así. El Sevillano pegaba a Martín y Cosme lo grababa con una cámara —explicó Marga—. Pero el Sevillano no era el único que pegaba a mi hermano. Había más gente...

—¡Cielo santo! —exclamó Carlos indignado.

—La Señorita Caridad y yo le buscamos pero el Sevillano y su amigo dicen que no saben nada. Yo sé que mienten y que algo malo le ha pasado —se lamentó Marga.

—¿Lo has denunciado a la policía? —preguntó Carlos.

—¿Para qué? —respondió Marga con indiferencia—. El Sevillano dice que no le importamos a nadie, que nadie se preocupa de nosotros. Y yo creo que en eso tiene razón.

—Si quieres yo puedo ayudarte. Hay una comisaría de policía cerca de aquí —dijo Carlos con determinación.

Marga suspiró incómoda.

—Si vamos a la policía me harán preguntas, verán que no tengo familia, que no tengo a nadie y me llevarán a un centro de acogida o a un reformatorio. Y yo no quiero eso. Yo quiero quedarme con la Señorita Caridad y quiero ir al colegio con otros niños y...

—Pero hay centros en los que también podrás estudiar —le interrumpió Carlos—. Podrás salir de las calles, no pasarás frío y...

—¡No me importa el frío! —protestó Marga—. ¡Ni pedir limosna! ¡Ni dormir en un colchón...!

Se quedaron unos segundos en silencio.

—Por favor, no me lleve a la policía —rogó Marga.

—Vale, está bien. No te preocupes, no lo haré —le tranquilizó Carlos.

—¿Quiere hacerme fotos? —preguntó Marga.

—No. Ya te he hecho suficientes en el viaducto —respondió Carlos.

—¿Me puedo ir ya?

—Sí —respondió en tono compasivo—. Yo te llevo.

15

El verano se había echado encima y con él las infernales temperaturas de Madrid. Los termómetros llegaban a marcar los cuarenta y cuatro grados en la plaza de Atocha y poco menos en los alrededores. Durante el día no había quien parase en la calle y por la noche se sudaba la gota gorda. Solamente se podía dormir a partir de las tres o las cuatro de la madrugada que era cuando empezaba a refrescar algo.

Tras pasar unos meses encerrada, la Tetona regresó al viaducto. Ni policía ni jueces ni psiquiatras ni funcionarios de prisiones quisieron saber nada del asunto ni tener bajo su tutela a una mujer como ella. Para todos los implicados en el caso, el bebé fue víctima de una demencia transitoria de la madre justificada por un estado de ansiedad grave. Alegaron, de común acuerdo, que su leve enfermedad mental no era óbice para quedar en libertad, ya que no representaba un peligro para la sociedad. Todo esto no era más que jabón para lavar sus conciencias y quitarse un problema de en medio sin culpas ni remordimientos.

—Hola, Fernanda...

Saludó el Caníbal en cuanto la mujer se hubo asentado en su cobertizo.

—¿Por qué no me llamas Tetona como hace todo el mundo? —preguntó la Tetona contrariada.

—No sé —respondió el Caníbal—. Prefiero llamarte por tu nombre.

—Yo no sé cuál es tu nombre. Como siempre te he llamado Caníbal —dijo la Tetona con una sonrisa.

—Me llamo Feliciano.

—Pues parece que tus padres te pusieron el nombre del santoral del día que naciste, como a mí —dijo la Tetona.

—Supongo que antes era la costumbre —convino el Caníbal.

—Mala costumbre, porque a mí Fernanda no me gusta una mierda —bromeó la Tetona.

—Ni a mí Feliciano.

Se rieron juntos.

—¿Y cómo estás? —se interesó el Caníbal.

—Mejor, si te refieres a si ya no estoy loca —respondió la Tetona.

—No quería decir eso... —empezó a disculparse el Caníbal.

—Tranquilo. Si me da igual —dijo la Tetona restándole importancia—. Sé que lo que hice estuvo mal. Por lo menos eso es lo que me dijeron...

—¿No recuerdas nada? —preguntó el Caníbal sorprendido.

—Me acuerdo de que mi Blas murió de unas fiebres —dijo la Tetona rebuscando entre sus recuerdos—. Yo tomaba Alprazolam, por la ansiedad y esas cosas. Un cliente que trabaja en una farmacia me paga los polvos con medicinas, ya sabes. Cuando mi pequeño se fue me llegué a tomar hasta seis y siete pastillas diarias... Y ya no caigo en la cuenta de lo que pasó después. Creo que era por las pastillas.

—Es una lástima —se lamentó el Caníbal—. ¿Sigues tomando pastillas?

—Ya no las necesito —negó la Tetona con la cabeza—. El tiempo que estuve en la cárcel no las tomé y ahora ya me encuentro mejor.

—Me alegro —dijo el Caníbal.

—¿Sabes si alguien ha estado hurgando en mi sitio mientras yo no estaba? —preguntó la Tetona con gesto de preocupación.

—Nadie que yo haya visto —contestó el Caníbal—. ¿Por qué lo preguntas?

—Me parece que tenía por aquí unos ahorros que no veo por ninguna parte —dijo la Tetona invadida por las dudas—. En fin, a lo mejor las pastillas me han hecho imaginar cosas que no son.

Se quedaron callados un buen rato.

—Tengo unos botellines en mi chabola. ¿Quieres tomar uno conmigo? —le ofreció el Caníbal de forma esquiva.

La Tetona le miró fijamente a los ojos, como si tratara de adivinar qué intenciones escondía tras esa invitación.

—Sí, claro. Vamos a tomar esa cerveza —respondió por fin.

Caminaron veinte pasos hasta el rincón del Caníbal y entraron dentro de su pequeño chamizo. El hombre abrió dos botellines de Mahou, le ofreció uno a la Tetona y ambos se sentaron en el colchón.

—Tienes esto más apañado de lo que yo creía —observó la Tetona.

—Me gusta el orden y la limpieza —dijo el Caníbal—. Dentro de lo limpio y ordenado que se puede tener algo aquí.

La Tetona se bebió de un trago la cerveza.

—Vamos a ver, Caníbal, que yo conozco bien a los hombres y a mí tú no me la das. ¿Para qué me has traído aquí? —preguntó la Tetona resabiada.

—Yo... no... —balbuceó el Caníbal.

—Tú me quieres follar —afirmó la Tetona.

—Créeme que yo no... —comenzó a disculparse el Caníbal.

—Si no pasa nada, si estoy acostumbrada —le interrumpió—. Pero un polvo a cambio de un botellín es un precio muy bajo, ¿no crees?

—No te he invitado por eso —dijo el Caníbal.

—¿Ah, no? —preguntó la Tetona con una sonrisa picarona.

—Con todo lo que te ha pasado... —dudó el Caníbal— pensé que a lo mejor te sentías sola. Creí que un poco de compañía nos vendría bien a los dos...

La Tetona le miró a los ojos durante una eternidad y luego bajó la cabeza sintiendo haber hecho el ridículo.

—Perdona, es que cada vez que hablo con un hombre es siempre para lo mismo —se disculpó la Tetona.

—Yo no busco eso... quiero decir, sí, pero no solo eso... —titubeó el Caníbal.

Ahora era él quien sentía que estaba haciendo el ridículo.

—... Claro que me gustaría hacer el amor contigo..., pero el cariño es más importante —dijo el Caníbal evitando mirarle a los ojos.

La Tetona dejó el botellín vacío en el suelo y le abrazó con fuerza. Luego se desnudó, le quitó la ropa a él e hicieron el amor. A partir de ese momento ninguno de los dos se volvió a sentir solo.

Lejos de lo que cabía esperar de él, Paco Apuestas no derrochó el dinero del «bebé hucha» en las máquinas tragaperras. Durante varios días estuvo alejado del puente intentando averiguar el domicilio donde vivían su mujer y sus dos hijos. Preguntó en Moratalaz pero allí ya no estaban. Les siguió la pista hasta el barrio de San Blas donde alguien le dijo que creía haber oído que se habían mudado a Canillejas. En Canillejas le mandaron a la Piovera, donde le aseguraron que vivía su familia. Y en el barrio de la Piovera finalizó su periplo.

Observó a sus hijos acudir al colegio, a su mujer hacer la compra y a la pareja de su mujer coger el transporte público para ir a trabajar. Les vio hacerlo durante tres días y a la noche del último día se apostó en el portal y esperó a que alguien saliera a la calle para colarse dentro. Subió por las escaleras hasta el segundo piso, se detuvo ante la puerta B, pegó el oído a la madera para asegurarse de que había gente dentro, respiró hondo, dejó la bolsa con el dinero de la Tetona en el suelo, llamó al timbre con insistencia, esperó unos instantes y, cuando escuchó cerca los pasos de quien acudía a abrir, huyó escaleras abajo, volvió a salir del portal y emprendió el camino de regreso al viaducto.

Ninguno de los mendigos permanecía ajeno a la desaparición del mayor de los Bolos, como llamaban a Marga y a Martín en referencia a su origen toledano. Este hecho había provocado enfrentamientos y derivado en un cisma en torno al Sevillano. La cuestión era si echarle del viaducto o permitir que se quedara. Los residentes del puente estaban divididos y enfrentados. El Contable encabezaba a los defensores de mantenerle en la comunidad. A su postura se habían sumado cinco mendigos más entre los que se encontraban el Ingeniero, Paco Apuestas, la Tetona y el Caníbal. Liderados por la Señorita Caridad estaban los partidarios de la expulsión, incluidos Marga, la Robacasas, la Leyenda y el Inversor. Haciendo las cuentas salían seis contra siete.

—¡Sevillano! ¡Sal que tenemos hablar...!

La Señorita Caridad empleó un tono solemne, como el que emplearía una jueza para emitir un veredicto. A su lado estaba el Contable y tras ellos permanecían los demás mendigos.

—¡¿Quieres salir de una vez?! —gritó la Señorita Caridad.

El Sevillano salió de su choza rascándose la entrepierna.

—¡¿Qué cojones quieres?! —preguntó sorprendido al ver a todo el «vecindario» delante de él.

—Tienes que marcharte —dijo la Señorita Caridad segura de sí misma.

—¿Para eso me despertáis de la siesta? —dijo el Sevillano con una sonrisa burlona.

Y se giró con la intención de volver al interior de la chabola.

—¡Recoge tus cosas y lárgate de aquí ahora mismo! —dijo la Señorita Caridad levantando la voz.

—¡¿Pero de qué coño estás hablando?! —se envalentonó el Sevillano.

—¡Que cojas tus cosas y te vayas a tomar por culo de aquí, ya! —gritó más todavía la Señorita Caridad.

—¡De la hostia que te voy a dar ahora mismo se te van a quitar las ganas de gritar! ¡¿Me entiendes?! —avanzó el Sevillano hacia ella.

Los doce mendigos que acompañaban a la Señorita Caridad dieron un paso al frente. El Sevillano se frenó en seco.

—¡¿Pero qué puta mierda es esta?! —le escupió al Contable a la cara.

—Hemos votado y ha salido que tienes que irte —dijo el Contable encogiéndose de hombros—. Yo he votado para que te quedes pero esto es una democracia.

—¡Me cago en la puta madre de la democracia! ¡Aquí no hay democracia que valga! ¡Aquí se hace lo que a mí me sale de la polla! ¡¿Me entiendes?! —vociferó el Sevillano.

Se dirigió ahora al Ingeniero y a Paco Apuestas.

—¡¿Vosotros también estáis metidos en el ajo?! —les dijo el Sevillano en tono provocador.

El Ingeniero bajó la cabeza pero Paco Apuestas le aguantó la mirada.

—Solo hay una forma de que te quedes: que me digas dónde está mi hermano —dijo ahora Marga apretando los dientes.

—¡Y yo qué cojones sé dónde está tu hermano, puta mocosa! —gritó el Sevillano.

—Si no te vas de aquí ahora mismo quemo la chabola contigo dentro —amenazó la Señorita Caridad.

El Sevillano observó a los mendigos uno a uno y en ese momento supo que no tenía otra alternativa que abandonar el viaducto.

Si Martín hubiese estado a su lado aquel hubiera sido un estupendo verano para Marga, lejos de la malsana presencia del Sevillano. Por la mañana se levantaban pronto y se iban a asear a una fuente del parque de Atenas. Volvían al viaducto y desayunaban leche con Cola Cao y bonys, bucaneros, tigretones y otros pastelitos Bimbo que una de las chicas de El Corte Inglés les había entregado en la última remesa de productos a punto de caducar. Después salían a pedir limosna. Por alguna extraña razón la gitana que pedía en el pórtico de la parroquia Santa María de la Cabeza, al ladito del viaducto, ya no estaba y hacía tiempo que no se veía a nadie por allí. Así que, ni cortas ni perezosas, la Señorita Caridad y Marga ocuparon el sitio que había quedado libre. Como era de esperar, los feligreses, como buenos católicos, no salían de misa sin mostrarse caritativos. Y de esta forma los ingresos por dádivas crecieron de forma sustancial. Con este dinero extra podían permitirse de vez en cuando comprar una *«mil hojas»* para Marga y una *«bamba de nata»* para la Señorita Caridad en la pastelería La Mallorquina de la Puerta del Sol.

Al caer la tarde solían dar un paseo hasta la calle Barquillo comentando cómo les había ido el día. Una vez allí se sentaban frente a la tienda de electrodomésticos Hi-Fi Pro a ver los programas de televisión en el fantástico televisor Philips de 28 pulgadas en promoción que el dueño de la tienda dejaba conectado hasta horas después de cerrar. No escuchaban el sonido pero eso les daba igual. Cuando finalizaba el telediario de la primera cadena de Televisión Española veían *Las aventuras de Pepe Carvalho* o *De jueves a Jueves* o *Directo en la noche* o *Esta noche Pedro* o *Segunda Enseñanza* o *Tristeza de amor*... dependiendo del día y dependiendo de cuándo se apagara el televisor que, dicho sea de paso, cada vez era más tarde porque el dueño de la tienda, que era buena persona, al ver a aquellas dos peculiares televidentes enfrente de su tienda, programaba el temporizador automático de apagado unas horas más tarde para permitirles disfrutar del espectáculo por algo más de tiempo. Marga contemplaba las imágenes imaginando los diálogos, las letras de las canciones, los mensajes de los anuncios... Llegó a alcanzar tal destreza que a veces era capaz de leer en los labios de los personajes. Tras la sesión televisiva le compraban un par de refrescos al chino que cada noche se apostaba en la esquina de Barquillo con Alcalá y se los bebían de regreso al viaducto.

Las vacaciones de verano habían llegado a su fin y septiembre entreabría las puertas al otoño. Carlos y Marga estaban en el despacho de Mónica, la directora del colegio, que revisaba los documentos que el fotógrafo le había entregado relativos a la tutela legal de Marga. Los trámites no habían sido nada sencillos. Carlos acudió a un notario para que certificara que la huérfana Margarita Barrios Fonseca era familiar lejano suyo, una mentirijilla que, al estar apoyada por Marga y al no haber ningún familiar que dijera lo contrario, coló sin ningún problema. Después hizo una declaración jurada de la infinidad de obligaciones a las que se comprometía como tutor legal. Junto al documento notarial y a la declaración jurada, presentó varias solicitudes de tutela en el Instituto de la Familia y el Menor, dependiente de la Consejería de Asuntos Sociales y perteneciente a su vez al Ministerio de Asuntos Sociales… Después de mes y medio el director de la consejería firmó y selló la solicitud concediendo a Carlos la tutela de Marga.

—Parece que todo está en orden —confirmó Mónica tras revisar toda la documentación.

—¿Eso significa que ya puedo empezar las clases? —preguntó Marga emocionada.

—Bueno, no lo sé aún… Supongo que podría hacer una excepción —dudó Mónica.

—¿Una excepción? —preguntó Marga confusa.

—Como comprenderás, se trata de un caso extraordinario y nada habitual que tengo que someter al consejo —explicó la directora.

—¿Y cuánto tardará eso? —preguntó Marga.

Carlos miraba a Marga sintiendo su frustración. La directora observó a la niña y suspiró. Los ojos le bailaban dentro de las órbitas como si buscara urgentemente en su cabeza una solución que la sacara del terrible atolladero en el que se había metido. Se levantó de la silla y se puso a dar cortos paseos por el despacho. Abrió el cajón, sacó un paquete de Marlboro y encendió un cigarrillo. Parecía como si con cada bocanada de humo expulsara parte de la tensión que le asfixiaba.

—¡A la mierda el consejo! —masculló Mónica.

Aunque lo dijo para sus adentros Marga y Carlos lo escucharon perfectamente. La directora se sentó de nuevo y apagó el cigarrillo en el cenicero.

—¿Ibas a la escuela antes de...? —preguntó Mónica.

—Sí, señora —le interrumpió Marga—. Estaba en sexto de E.G.B.

—Supongo que no llegaste a terminar el curso —dijo Mónica.

—No señora, lo dejé justo después de las navidades —explicó Marga.

—Pues, en tal caso tendrías que repetir —afirmó Mónica.

—¡¿Eso significa que ya puedo empezar las clases?! —preguntó Marga emocionada.

Mónica asintió con una sonrisa.

—¡No me importa repetir curso! ¡De verdad que no me importa! —dijo Marga en voz alta.

La niña se abrazó a Carlos. Estaba exultante de alegría.

—Necesitarás libros y material escolar y...

Mónica se fijó en su ropa y en su aspecto.

—No se preocupe. Yo le compraré todo lo que haga falta —le adivinó el pensamiento Carlos.

—¡Y me pondré muy guapa para venir a clase! ¡Ya verá qué guapa vengo, señora! —dijo Marga sin poder disimular su alegría.

Ni la directora ni el fotógrafo habían visto nunca a alguien tan feliz.

16

Todavía no había amanecido cuando Laura y su hija Marta se presentaron en el viaducto. Observaron el lugar, vieron que había un sitio libre en una de las columnas, justo detrás del espacio de la Robacasas, y acamparon allí.

—¿Qué hacéis vosotras aquí? —preguntó la Robacasas alarmada por el ruido que estaban haciendo.

—No tenemos adónde ir —respondió Laura.

La Robacasas observó a Marta y pudo percibir en ella la tristeza que la embargaba.

—Por mí os podéis quedar el tiempo que queráis —dijo la Robacasas.

Y volvió a meterse en su cobertizo.

Laura Rodríguez López creció en el barrio de Entrevías. Perdió a su madre siendo aún una niña y fue su padre, taxista de profesión, quien tuvo que ocuparse de ella.

Y no es que fuera un mal padre, el problema es que pasaba tantas horas al volante que descuidó sobremanera la educación de su hija.

A Laura le gustaba más la calle que estudiar y le gustaban más los chicos que ocuparse de las faenas de la casa. Así que a nadie le extrañó, ni siquiera a su padre, que el típico chulo con aires de John Travolta de barrio la dejara embarazada antes de cumplir los diecisiete años. El taxista quiso obligar al *«picha floja»* a reconocer su paternidad pero el chico se negó diciendo que el causante del embarazo podía haber sido cualquiera.

Laura dejó los estudios, si es que había algo que dejar, y se dedicó por entero a su hija Marta, a quien quería con locura. Su padre solventaba la situación económica hasta que un accidente de coche, ocurrido mientras trabajaba, le produjo una grave lesión de columna que le obligó a dejar el taxi y a jubilarse prematuramente. De repente se vio postrado en una silla de ruedas maldiciendo su suerte y la forma en la que le había tratado la vida. Los recuerdos de su mujer fallecida, su hija madre soltera, su nieta sin padre y la sensación de inutilidad le torturaban a cada momento y le hacían sentir que se encontraba al final de sus días. Cayó en una profunda depresión y se dio a la bebida. Laura le daba de comer, le limpiaba cuando se ensuciaba y hacía cuanto podía pero su padre, poseído por la impotencia y la frustración, se lo pagaba con desprecio.

Una tarde en la que Laura volvía a casa después de hacer la compra, se encontró a su padre tirado en el suelo inconsciente con una botella de brandi vacía en la mano. Su hija Marta estaba a su lado jugando con la silla de ruedas. La niña tenía tres años. Los médicos de Urgencias diagnosticaron coma etílico y muerte por parada cardiorrespiratoria.

En los años siguientes Laura trabajó en una empresa de limpieza industrial, de ayudante de cocina en un restaurante, de cocinera en un bar, de cajera... pero en todos los trabajos la echaban antes de cumplir los dos años de antigüedad. Y no es que la echasen porque lo hiciera mal, sino porque a las empresas les resultaba más barato coger a alguien nuevo que hacerle un contrato fijo a ella.

Al poco tiempo de acabarse la prestación por desempleo Laura se encontró en el buzón con una carta del banco que le informaba del desahucio de su casa por el impago de la hipoteca...

—¡Hay gente nueva en el puente! —gritó el Contable tras descubrir a Laura y a su hija.

Los residentes del viaducto acudieron de inmediato a la llamada de su vecino.

—¡¿A qué vienen tantas voces?! —preguntó la Señorita Caridad al ver el tumulto que se había formado detrás de la columna de la Robacasas.

Laura y su hija Marta se sentían acorraladas.

—¡Por favor, no nos hagáis daño! —dijo la madre abrazando protectora a su hija.

—¡Un momento, tranquilas! ¡Que aquí nadie os va a hacer daño! —dijo la Señorita Caridad.

Marga calculó que Marta podría tener la misma edad de Martín.

—¿Por qué habéis venido al puente? —preguntó farruca la Señorita Caridad.

—Nos han echado de casa. No tenemos dónde ir... —respondió Laura.

—No podemos permitir que se quede cualquiera que venga con un problema o aquí no habrá quien pare —protestó el Contable.

—Ahora que no está el Sevillano, ¿hablas tú por él? —le recriminó la Robacasas.

—El Contable tiene razón —le apoyó Paco Apuestas—. Tenemos que poner un límite al número de personas que se quedan...

—¿Pero de qué narices estáis hablando? —se escandalizó la Señorita Caridad.

—Pues que yo sepa todavía no hemos superado el límite. El Sevillano no está y Rebeca se mató. Quedan dos plazas libres y ellas son dos —apuntó la Robacasas.

—Visto así... —asintió Paco Apuestas.

—Pues yo creo que debemos votar... —comenzó a decir el Contable.

—¡Qué votar ni qué leches! —le interrumpió la Señorita Caridad—. ¡No hay nada que votar! ¡Se quedan y aquí no hay más que hablar!

—¡Haced lo que os dé la gana! —se enfadó el Contable—. Pero al final acabaréis dándome la razón.

Dijo la última palabra y regresó a su chamizo.

—Necesitaréis un techo —le dijo la Señorita Caridad a Laura.

—Ya me encargo yo de eso —se ofreció Paco Apuestas de mala gana.

Cada uno se fue a su rincón excepto la Señorita Caridad y Marga que se quedaron con las recién llegadas.

—Soy la Señorita Caridad. No se os ocurra llamarme Cari, ni Caridad, ni señora, ni nada de eso. Solo respondo a «Señorita Caridad». Y esta es Marga. Ella es mi... como si fuera mi hija.

—Yo me llamo Laura y esta es mi hija Marta.

Marga sonrió a Marta y esta le devolvió la sonrisa en un gesto de agradecimiento.

—¿Tienes algo de dinero? —preguntó la Señorita Caridad procurando que no la oyera nadie.

Laura se mostró recelosa a contestar.

—No te lo voy a quitar —dijo la Señorita Caridad notando su desconfianza—, solo quiero saber el tiempo que podéis aguantar tú y tu hija sin necesidad de mendigar.

—La Señorita Caridad nos ayudó a mí y a mi hermano cuando nos quedamos en la calle —apoyó Marga a su bienhechora—. Y también os puede ayudar a vosotras.

—Llevo encima lo poco que tenía en el banco. Veinte mil pesetas —respondió finalmente Laura en voz baja.

—Con eso tendría yo para cinco meses sin salir a pedir limosna —sonrió la Señorita Caridad.

—Yo no quiero pedir limosna —dijo Laura.

—Pues me parece que no te va a quedar más remedio —dijo la Señorita Caridad quitándole todo el drama posible al tono de sus palabras.

—Encontraré un trabajo —afirmó Laura con rotundidad.

—No te darán trabajo sin un domicilio —le explicó la Señorita Caridad.

En ese momento una lágrima recorrió la mejilla de la joven madre.

Dónde pedir limosna, cómo hacerlo, qué lugares evitar, cómo vestir para despertar la caridad del prójimo, cómo no hacerlo, dónde se encontraban los principales albergues y comedores sociales... y en definitiva, cómo sobrevivir siendo un mendigo. Marga y la Señorita Caridad les enseñaron a Laura y a su hija «los trucos del oficio». Pero a Laura no se le daba demasiado bien lo de provocar lástima. Además, el saludable aspecto físico de Marta, más parecido al de una mujer que al de una niña necesitada, no despertaba la compasión ni atraía las donaciones espontáneas.

De común acuerdo, Laura y la Señorita Caridad les pidieron a Marta y a Marga que se quedaran en el viaducto y esa mañana salieron juntas a pedir limosna. Sin duda, algo le estaba rondando en la cabeza a la desahuciada que quería compartir con la mendiga. Se dirigieron al parque de Atenas y buscaron un lugar retirado y poco transitado. Laura tomó asiento en un banco cercano y le pidió a la Señorita Caridad que se sentara a su lado.

—Yo no valgo para esto... —comenzó a decir Laura.

—Nadie valemos para esto —le interrumpió la Señorita Caridad—, pero es lo que el destino ha querido darnos.

—Un destino cruel que aceptaría si Marta no estuviera en la misma situación que yo —dijo Laura.

—Precisamente por tu hija has de ser fuerte y luchar —dijo la Señorita Caridad.

—Puede que haya otras maneras de luchar —dejó caer Laura.

—¡Ah, ¿sí?! Pues tú me dirás cuáles. —Se cruzó de brazos la Señorita Caridad.

Laura no contestó, se limitó a mirar fijamente a los ojos a la Señorita Caridad.

—No... ¿No estarás pensando...? —dijo la Señorita Caridad suponiendo lo que Laura barruntaba.

—No voy a dejar que mi hija pase hambre, ni frío, ni calamidades. Necesito un domicilio, tú misma lo dijiste, que Marta siga yendo al colegio... Y sé que si no hago algo y no lo hago rápido nuestra situación empeorará —se justificó Laura.

—La vida de puta es más dura de lo que te imaginas —le advirtió la Señorita Caridad.

—Por mi hija haría lo que fuera —dijo Laura con determinación.

—Ella no lo entenderá —dijo la Señorita Caridad.

—Ella no tiene por qué enterarse —dijo temerosa Laura.

Se quedaron en silencio unos instantes.

—Por favor, te lo ruego, ayúdame en esto —le pidió Laura cogiéndole de las manos.

Había angustia y desesperación en sus palabras, pero también convicción y firmeza. La Señorita Caridad se quedó un rato pensando en lo que le estaba pidiendo, después miró a Laura a los ojos y adoptó un gesto de resignación.

—¿Qué edad tienes? —le preguntó la Señorita Caridad.

—Treinta y tres años —respondió Laura.
—¿Talla de sujetador?
—95b —dijo Laura con una medio sonrisa.
—¿Altura?
—Uno sesenta y dos.
—¿Y tus caderas?
A eso no supo qué contestar.
—A ver, ponte de pie...
Laura se levantó del banco y posó delante de la Señorita Caridad.
—Más o menos noventa y ocho de caderas y unos setenta de cintura. —Hizo un cálculo a ojo de buen cubero.
Laura volvió a sentarse en el banco.
—Si te dejas de remilgos, te vistes cortita y te muestras lo suficientemente sensual, creo que podrás tener tu clientela —concluyó la Señorita Caridad.
—Entonces... ¿me ayudarás? —preguntó Laura ahora con una sonrisa que iluminaba su rostro.

El recorrido que otras veces hacía con Marga, ese día la Señorita Caridad lo hizo con Laura. Pidieron limosna en la calle Mayor esquina con la calle Sacramento, comieron unas raciones de callos a la madrileña en el Mercado de San Miguel, zanganearon por los parques aledaños y cenaron en el comedor social de la calle Doctor Cortezo. Cuando cayó la noche se dirigieron a la calle Valverde, al viejo edificio donde años atrás la Señorita Caridad había ejercido la prostitución.

El lugar era un constante ir y venir de hombres de todas las edades y condiciones. La Señorita Caridad y Laura entraron en el portal y se dirigieron a la portería situada en la planta baja. La puerta estaba abierta. En el interior había un hombre de mediana edad rellenando crucigramas

—¿Es usted el encargado? —preguntó la Señorita Caridad.

—¿El encargado? ¿Para qué? —preguntó a su vez el portero apartando la vista del libreto de pasatiempos.

—¿Es usted con quien hay que hablar para trabajar aquí? —matizó la Señorita Caridad.

—Eso depende de lo que ofrezcas —dijo el portero con cierto desdén.

—Yo no busco trabajo, es ella...

La Señorita Caridad señaló a Laura. El portero observó de arriba abajo a la mujer de manera descarada.

—Demasiado mayor. No me interesa —dijo en tono despectivo.

—¿Cómo que demasiado mayor? —protestó la Señorita Caridad—. ¿Desde cuándo hay límites de edad para trabajar de puta?

—Aquí sí los hay —dijo el portero volviendo la vista a los crucigramas.

—¡Habrase visto...! —se indignó la Señorita Caridad.

—Si queréis podéis recorrer las cinco plantas del edificio —les propuso él—. No encontraréis una sola chica de su edad.

—Déjalo, vámonos ya —apremió incómoda Laura.

—¡¿Y qué edad hay que tener para estar a la altura?! —preguntó sarcástica la Señorita Caridad.

—Las hay hasta de dieciocho —sonrió el portero.

Con eso quería decir que las había incluso menores.

—¡Hijo de puta! —le insultó la Señorita Caridad.

—En esta profesión hay que serlo —dijo el portero con indolencia.

—Vámonos, Señorita Caridad. Por favor te lo ruego, vámonos —se impacientó Laura.

—Sí, vámonos. Mañana será otro día —dijo la Señorita Caridad atravesando con la mirada al portero.

Ambas mujeres salieron del portal de Valverde y regresaron abatidas al viaducto.

17

Las fotos de Carlos cada vez se vendían mejor. Las instantáneas de cadáveres, gente accidentada, autopsias y cosas así, tenían sus adeptos y las publicaciones especializadas, y otras no tanto, las pagaban bien. Una agencia de publicidad llegó a abonar a Carlos ciento ochenta mil pesetas por una serie de fotografías de accidentes de tráfico para una de sus campañas publicitarias. El fotógrafo empezaba a pensar que quedarse sin trabajo en la editorial fue una bendición divina. Su bienestar económico no solo le permitió asumir sin problemas los gastos familiares, incluido el tratamiento médico de su hija, sino que, además, pudo comprarle a Marga el material escolar que necesitaba y ropa nueva para ir al colegio. Y como la Señorita Caridad tendría que dejarse ver por allí, pues también le compró ropa nueva y algún que otro cosmético.

Marga y la Señorita Caridad se levantaban por las mañanas con tiempo suficiente para desayunar, preparar la mochila, acicalarse como era debido e ir juntas hasta el colegio. Después la Señorita Caridad se volvía a poner los hábitos de mendiga y salía a pedir limosna por los lugares habituales. Cuando llegaba la hora de comer lo hacía en alguno de los bares donde la conocían y no le cobraban. Luego se vestía de nuevo con la ropa «de ir presentable a la escuela» y holgazaneaba por ahí hasta las cinco de la tarde que iba a buscar a Marga. En el viaducto hacían juntas los deberes y a continuación acudían al comedor social que estuviera abierto y cenaban lo que les pusieran. El día que tocaba visitaban a las empleadas de El Corte Inglés y, si el tiempo lo permitía, acudían a ver la televisión al escaparate de la calle Barquillo. Los fines de semana y los días en los que no había colegio Marga y Marta pasaban el tiempo juntas. Cuando se cansaban de saltar a la comba, se iban a la acera de la calle Segovia a jugar a la rayuela. Cuando les apetecían juegos más tranquilos probaban con las tres en raya o con el veo veo. Y cuando se cansaban de jugar se contaban sus cosas o escuchaban música en la radio. Por primera vez en mucho tiempo Marga se sentía una niña como las demás y, también por primera vez en mucho tiempo la Señorita Caridad era una mujer feliz.

Hacía ya varios días que ni a Marta ni a su madre se las veía por el viaducto. La Señorita Caridad pensó que esta última se habría buscado algún burdel por su cuenta.

Pero una tarde en la que ella y Marga volvían del colegio las vieron recogiendo sus cosas.

—¿Os vais? —preguntó la Señorita Caridad.

—Sí —respondió escueta Laura.

—Supongo que eso es una buena noticia —dijo sonriendo la Señorita Caridad.

—Sí, he encontrado trabajo —dijo Laura también sonriendo.

La Señorita Caridad no quiso preguntar dónde ni de qué tipo de trabajo se trataba.

—Pues me alegro por vosotras —dijo la Señorita Caridad.

—Gracias —dijo Laura sin tan siquiera mirarla a los ojos.

No hubo más diálogo ni despedidas. Laura y su hija terminaron de hacer las maletas y se marcharon del viaducto sin tan siquiera mirar atrás. A la Señorita Caridad ni le supo bien ni entendió tanta frialdad.

Al día siguiente, después de cenar en el comedor social, Marga y la Señorita Caridad fueron a dar un paseo por los alrededores de la Gran Vía.

—Toma este dinero, cómprate un trozo de tarta y un refresco en el Nebraska y espera a que yo vuelva —dijo apurada la Señorita Caridad.

—Pero... ¿y si me echan? —preguntó Marga inquieta.

A Marga le gustaba lo de la tarta, pero no lo de quedarse sola en la cafetería.

—Tú pregunta dónde te puedes sentar sin molestar y

ya está. Yo vigilaré que no pase nada —dijo la Señorita Caridad.

Marga cogió el dinero, entró en la cafetería, pidió la tarta en la barra y luego se sentó a la mesa que le indicó el camarero. Desde la calle la Señorita Caridad esperó a que la sirvieran y luego se fue.

La afluencia al portal de Valverde era especialmente intensa a esas horas. La Señorita Caridad entró en el viejo edificio consciente de que era la única mujer no prostituta en hacerlo. Subió a la primera planta y se fijó en cada chica que esperaba a la puerta de su habitación mostrando sus encantos como reclamos publicitarios, como si fueran mercancías al alcance de cualquiera que pagara el precio estipulado. Avanzó por el pasillo esperando y temiendo a la vez encontrar a Laura entre las putas. Pero allí no estaba. Subió a las plantas segunda, tercera y cuarta. Tampoco la vio. Sin embargo, en la quinta planta sí vio a su hija Marta negociando con un hombre que bien podría cuadruplicarle la edad.

—¡¿Qué coño haces tú aquí...?!

Era el portero. La Señorita Caridad vio cómo en ese momento Marta entraba con el cliente en la habitación.

—Sí, sí. Ya me voy —dijo ella dirigiéndose a las escaleras.

La Señorita Caridad regresó a la cafetería Nebraska y desde la cristalera le hizo una señal a Marga para que saliera. De vuelta al viaducto la mujer no abrió la boca. Marga tampoco le quiso preguntar, pues la conocía de sobra y sabía que algo malo le había pasado que no quería compartir.

Marga terminó la segunda evaluación con cinco sobresalientes, era una de las niñas más aplicadas de la clase y los profesores la ponían como ejemplo a seguir. Lo que no marchaba tan bien era la relación con sus compañeros. Al hecho de ser repetidora, algo que de por sí ya la distanciaba del resto, se le sumaba el que en ocasiones su aseo personal y su aspecto físico la delataban como la «niña de la calle» que era. Ya habían surgido algunas quejas en la Asociación de Padres de Alumnos con los temas relacionados con la higiene de ciertos niños. Mónica no dudó un instante en trasladar estas quejas a Carlos pero el fotógrafo, que estaba atravesando un delicado momento familiar debido a un repentino empeoramiento en la enfermedad de su hija, no podía estar todo lo pendiente de Marga que quisiera.

Marga se había convertido en objeto de burlas y se pasaba los recreos sola dando vueltas por el patio esperando a que se reanudaran las clases. Ninguna de sus compañeras quería relacionarse con ella, sin embargo, cuando al final de la jornada la Señorita Caridad iba a buscarla a la salida del colegio, ella ponía su mejor cara y le contaba que había hecho nuevas amigas y que había pasado un día maravilloso.

Aquella noche de sábado de principios de marzo los mendigos del viaducto dormían arropados hasta el cuello con mantas, abrigos, toallas, cartones y cualquier cosa que les aislara mínimamente del frío. Las fogatas que habían preparado dentro de los bidones de lubricante vacíos hacía tiempo que ya no ardían. Pocos eran los coches que transitaban a esas horas por las calles y menos aún la gente que caminaba por ellas.

A Marga no le dio tiempo a ver al hombre que le tapaba la boca con la mano y que se la llevaba a la fuerza. Pataleó y gimió todo lo que pudo pero nadie se despertó, ni siquiera la Señorita Caridad que dormía apenas a un metro de ella. El hombre se la llevó a cuestas hasta la calle Segovia donde esperaba Cosme dentro de su Volkswagen Golf.

—¡Abre la puerta, coño...!

Cuando Marga reconoció la voz del Sevillano gimió y se revolvió todavía con más fuerza. Cosme abrió la puerta trasera del coche, el Sevillano metió a la niña dentro y luego entró él sentándose a su lado.

—¡Como grites te corto el cuello...!

El Sevillano le puso una navaja en la garganta y le presionó con la punta. Marga no podía estar más asustada. Cosme puso en marcha el vehículo y alrededor de una hora después llegaban al Polígono Industrial Cobo Calleja.

En el centro de la pequeña nave industrial había un colchón tirado en el suelo rodeado de cachivaches.

—¡Ahí es donde tengo que dormir ahora por tu puta culpa! —se lamentó el Sevillano.

Empujó a Marga y la arrojó sobre el colchón. Mientras tanto Cosme sacaba la videocámara de una bolsa de deporte, le ponía una batería y verificaba su correcto funcionamiento.

—Cuando quieras —avisó Cosme.

—¡Espera! —gritó el Sevillano—. No grabes todavía que le voy a contar a esta dónde está su hermano.

El criminal cogió la única silla que había en el almacén y se sentó enfrente de Marga.

—¿Ves ahí? —El Sevillano señaló a la entrada—. Pues ahí es donde estaba tu hermano, sentado en esta misma silla, ataditode pies y manos. ¿Me entiendes? Y ese estaba enfrente grabando con la cámara.

Apuntó con el dedo a Cosme. Marga estaba muerta de miedo.

—Primero le corté tres dedos con unas tijeras de podar. Gritaba como un puto cerdo. Luego le corté bien hondo en el estómago. Le tuve que quemar la herida con un soplete de cocina y tapársela con cinta americana para que no se le salieran las tripas. ¿Me entiendes? —El Sevillano se recreó en los detalles.

Las lágrimas de Marga estaban impregnadas de tristeza, rabia, impotencia y desesperación.

—Como veía que tu hermano era blandito y que la iba a palmar pronto, le degollé abriéndole el cuello de lado a lado para que se viera bien en el vídeo... —continuó el Sevillano con su tortura.

Marga se tapó los oídos para no escucharle.

—... Pero a ti no te voy hacer lo mismo. Contigo haré otra cosa.

El Sevillano se puso una media en la cabeza para evitar ser reconocido...

—Ya puedes grabar —le dijo a Cosme.

... y violó a la niña delante de la cámara.

Estaba amaneciendo cuando los lamentos de Marga despertaron a la Señorita Caridad. Cuando la vio desnuda en posición fetal, tiritando de frío y manchada de sangre, inmediatamente supo lo que le había pasado.

—¡Cielo Santo! ¡Cielo Santo! ¡Cielo Santo! ¡Cielo Santo...! —exclamó con espanto la Señorita Caridad—. Aguanta, por lo que más quieras...

La Señorita Caridad era consciente de la gravedad de su estado. La arropó con varias mantas, abrió un brik de zumo de piña y le dio de beber. Después del primer trago Marga se puso a toser, el aire dejó de entrarle en los pulmones y comenzó a asfixiarse.

—¡Que alguien llame a la ambulancia! ¡Que mi niña se muere! —gritó la Señorita Caridad entre lágrimas.

Paco Apuestas, que hacía rato que había salido de su chabola, corrió a hacer la llamada.

Marga llevaba cuarenta y ocho horas en la Unidad de Cuidados Intensivos del área de Urgencias del hospital Gregorio Marañón. La habían intervenido quirúrgicamente y sometido a un tratamiento a base de antibióticos y antiinflamatorios. Después de dos días de tensa espera, la Señorita Caridad y Carlos pudieron entrar a verla unos momentos.

—¿Son ustedes familiares suyos? —les preguntó el médico de Urgencias al cuidado de Marga.

—Yo soy su tutor legal —se apresuró a decir Carlos.

—Dado el tipo de lesiones y la gravedad de las mismas nos hemos visto obligados a llamar a la policía. Es el protocolo en estos casos. Quieren hablar con usted.

—Sí, por supuesto —asintió Carlos.

Carlos siguió al doctor hasta su despacho donde esperaban dos policías vestidos de uniforme. La Señorita Caridad se dirigió al box donde mantenían a Marga en observación.

—¡Mi niña...! ¿Cómo estás? —preguntó la Señorita Caridad en un tono maternal.

—Quiero irme de aquí —dijo Marga con voz cansada.

—No te puedes ir. Todavía no estás bien...

La Señorita Caridad le cogió la mano y le dio un beso en la frente.

—La policía me ha hecho un montón de preguntas —dijo Marga preocupada.

—¿Y qué les has dicho? —preguntó la Señorita Caridad.

—Nada.

—Escúchame, Marga. Yo sé lo que te ha pasado y quién te lo ha hecho. Tenemos que denunciarlo.

—Él me matará si decimos algo, como ha hecho con Martín —dijo Marga asustada.

Tenía que hacer un gran esfuerzo para hablar.

—¿Está hablando con la policía? —preguntó Marga refiriéndose a Carlos.

—Sí —asintió la Señorita Caridad.
—¿Le has dicho tú algo a él de lo que ha pasado? —preguntó recelosa Marga.
—No, no le he dicho nada...
—Vámonos, Señorita Caridad —le rogó Marga—. Dígale al médico que mañana tengo que ir a clase. Ya estoy bien, se lo prometo.

En ese momento Carlos llegó al box.
—¿Qué tal estás, Margarita...? —preguntó sin atreverse a mirarle a los ojos.

Parecía avergonzado.
—¿Qué te ha dicho la policía? —le preguntó a su vez la Señorita Caridad intuyendo que algo les estaba ocultando.

El fotógrafo miró hacia otro lado.
—¡¿Me van a llevar con ellos?! ¡¿Me van a encerrar?! ¡¿Es eso lo que van a hacer?! —preguntó Marga angustiada.

Carlos seguía callado.
—¿Nos vas a contar lo que habéis hablado o qué? —le urgió la Señorita Caridad.
—No les he dicho que vivías conmigo —dijo finalmente Carlos evitando sus miradas.
—¡No, no, no...! ¡Por favor, eso no! —se lamentó Marga sin llegar a dar crédito a lo que acababa de oír.
—¡¿Y qué les has dicho entonces?! ¡¿Que vive debajo de un puente?! ¡¿Qué no tiene a nadie...?! —dijo la Señorita Caridad sin salir de su asombro.

Carlos bajó la cabeza arrepentido.
—Teníamos un trato. Solo tenía que decir que vivo

con usted, en su casa —le reprochó Marga con apenas un hilo de voz.

—¡Ya lo sé! ¡Pero no lo dije...!

La presión que Carlos estaba soportando en ese momento le hizo elevar el tono de voz y ponerse a la defensiva.

—Me van a quitar la tutela y te van a llevar a un centro de menores —dijo Carlos serenando el tono de voz—. Lo siento.

Carlos salió del área de Urgencias del hospital y a Marga se le vino el mundo encima.

18

El médico jefe del área de pediatría y su equipo salían de la habitación quinientos doce donde Marga se recuperaba de sus lesiones tras dejar la Unidad de Cuidados Intensivos. En los ocho días que llevaba allí le habían hecho una radiografía, una ecografía, un TAC y tres análisis de sangre. Ya no necesitaba la sonda para orinar, había empezado a comer con normalidad y daba largos paseos por los pasillos de la planta. Aunque en la habitación había tres camas más y espacio para cuatro niños, estaba sola y más aburrida que una ostra. La Señorita Caridad iba a visitarla todas las tardes pero Carlos, prisionero de la culpa, todavía no había ido a verla ni una sola vez. Una mujer de los Servicios Sociales ya le había hablado de los centros de acogida de menores y de lo que se iba a encontrar allí, pero sus buenas palabras no sirvieron para tranquilizar a Marga que rezaba todos los días pidiendo un milagro que la llevara de vuelta al viaducto.

Un payaso con una maleta entró de repente en la habitación...

—¡Uyssss, perdón! —se disculpó el payaso—. ¿Es aquí donde los niños no ríen?

—Yo últimamente no me río mucho —dijo Marga desde la cama con una media sonrisa en su rostro.

—Pues eso hay que remediarlo —dijo el payaso.

Dejó la maleta en el suelo y se acercó a Marga.

—¿Y cómo piensa hacerlo? —preguntó Marga siguiéndole el juego.

—Ya lo verás, es mi trabajo —dijo el payaso.

Abrió la maleta y del interior saltó como un resorte un gran muñeco de goma con cara de perrito. El payaso cayó de culo al suelo simulando haberse llevado un gran susto. Marga soltó las primeras carcajadas. El payaso se levantó del suelo y fingió ponerse a llorar a lágrima viva. Cuando se fue a limpiar los mocos con su corbata roja, un chorro de agua surgió de la enorme flor que lucía en la solapa empapándole la cara. Entonces aparentó llorar todavía con más ganas y se puso a patalear.

—¡Hoy todo me sale mal! ¡Hoy todo me sale mal! —dijo el payaso enrabietado.

Marga no paraba de reír ni un solo momento. El espectáculo continuó con trucos de magia, bromas, chistes... para finalizar con una alegre canción.

—Ha sido muy divertido —dijo Marga aún sonriente.

—Me alegro de que te haya gustado —agradeció el payaso—. ¿Dónde están tus papis?

Cogió una silla y se sentó a su lado. Marga no podía apartar la vista del postizo rojo de su nariz.

—Mi madre murió y mi padre no sé quién es —contestó Marga.

—¿Y entonces quién cuida de ti? —preguntó el payaso.

—La Señorita Caridad. Ella viene todos los días a verme —dijo Marga.

—Caridad... que nombre más bonito —reconoció el payaso.

—Es su nombre de verdad —aseguró Marga.

—¿Me dejas que te cuente una cosa? —dijo el payaso adoptando un gesto un poco más serio.

Marga asintió con la cabeza.

—... Hay un lugar donde van todos los niños cuando se cansan de estar aquí. Ese lugar se llama Cielo. ¿Alguna vez te han hablado del Cielo? —preguntó el payaso.

—Sí, mi madre —contestó Marga.

—¿Y qué te dijo? —preguntó el payaso.

—Que es allí donde vamos cuando nos morimos —le dijo Marga.

—No todos. La gente que ha hecho cosas malas no puede ir al Cielo si no se han arrepentido antes —aclaró el payaso—. Pero todos los niños van al Cielo y una vez allí son recibidos con una gran fiesta...

—¿Y hay payasos? —le interrumpió Marga.

—Claro que hay payasos. Y cuando un niño nuevo llega al Cielo le ofrecen el mejor espectáculo nunca visto —dijo el payaso haciendo enormes aspavientos.

—¿Y hay también tarta y chuches? —preguntó Marga emocionada.

—Y podrás comer cuanto quieras porque en el Cielo

no tendrás que preocuparte por las caries, ni por engordar, ni por los dolores de tripa cada vez que te empaches —dijo el payaso sonriendo.

—¡Qué bien! —exclamó Marga.

—Pero eso no es todo... Aunque te parezca increíble en el Cielo no hay enfermedades, ni tampoco hay dolor, ni sufrimiento... En el Cielo solo hay paz, diversión y felicidad —dijo el payaso como si relatara la mejor de las aventuras.

Se quedaron unos instantes en silencio. Marga parecía estar teniendo una ensoñación mientras que el payaso la observaba con inmensa compasión.

—¿Cómo te llamas? —preguntó el payaso.

—Margarita Barrios Fonseca.

—Margarita, no has de estar triste. Has de afrontar esto que viene con esperanza y pensar que un día, cuando abras los ojos, ya estarás en el Cielo... —dijo el payaso.

—Pero... yo no me voy a morir —dijo Marga sorprendida.

El payaso se quedó mirando fijamente a la niña durante unos segundos.

—¿Por qué estás aquí, Margarita? —preguntó el payaso intrigado.

Marga dudó unos instantes antes de responder.

—Un hombre abusó de mí. Me hizo daño... Pero ya estoy mucho mejor, de verdad —le aclaró.

—¡Por todos los Santos! —dijo el payaso llevándose las manos a la cabeza—. Me deben de haber dado mal el número de habitación... o yo lo confundí.

Se levantó de la silla, volvió a meter todos sus bártulos en la maleta, le dio un beso a Marga en la frente y se marchó a toda prisa.

Al día siguiente Marga estaba sentada en la silla terminando de desayunar cuando la enfermera del turno de mañana entró en la habitación para hacer sus comprobaciones de rutina.

—¡Buenos días, Margarita! —saludó la enfermera con efusividad.

—¡Buenos días! —le devolvió Marga el saludo intentando mostrar el mismo entusiasmo.

—Veo que te has tomado las pastillas —dijo la enfermera.

—Sí, las dos —afirmó Marga—. Ayer estuvo conmigo un payaso...

—¿Un payaso? ¿Y qué hacía aquí? —se extrañó la enfermera.

—No sé. Dijo que se había equivocado de habitación —dijo Marga.

—Pues sí que fue una equivocación y muy gorda —dijo la enfermera sorprendida.

—¿Trabaja aquí? —preguntó Marga interesada.

—Ese payaso es el padre Raúl... —comenzó a decir la enfermera.

—¿Es un cura? —preguntó Marga con asombro.

—Es sacerdote —dijo la enfermera sentándose al borde de la cama—. Se viste de payaso porque los niños se asustarían si se presentara delante de ellos con sotana y alzacuellos.

—¿Por qué? —preguntó Marga sin entender el motivo.

—El padre Raúl visita a niños con enfermedades terminales —intentó aclarar la enfermera—. Ha aprendido unos cuantos trucos de magia que les encantan, juega con ellos, se ríe con ellos, les canta canciones... y les habla del Cielo. Por un momento alivia su dolor y les hace olvidar la angustia que padecen...

—¿Los niños a los que visita se están muriendo? —preguntó Marga entristecida.

—Digamos que el padre Raúl les ayuda a pasar ese difícil momento —asintió la enfermera.

Marga se quedó pensativa durante un buen rato.

—¿Pues sabe una cosa? Que me alegro de que se haya equivocado de habitación. Ahora yo tampoco le tendré miedo a la muerte —dijo Marga con una sonrisa.

—¡Pues eso está pero que muy bien! —convino con ella la enfermera—. Pero por el momento no pienses en ello. Ahora tienes que vestirte...

—¡¿Ya?! —se extrañó Marga.

—Estás curada, tienes el alta médica y en la recepción hay dos personas esperándote —dijo la enfermera.

Marga hizo una mueca de desagrado y la enfermera se dio cuenta de ello.

—Margarita...

La obligó a mirarla a los ojos.

—Te van a tratar bien, te van a cuidar y, lo más importante, no vas a estar sola....

—Yo no estoy sola —interrumpió Marga molesta.

—... Un centro de menores no es un reformatorio —concluyó la enfermera.

Marga salió del ascensor de la planta baja acompañada por su enfermera. Caminaron por los kilométricos pasillos del hospital hasta llegar al vestíbulo principal. Una mujer y un hombre de los Servicios Sociales las estaban esperando allí.

—Buenos días —saludó la mujer con una amplia sonrisa.

—Hola, Margarita —le saludó el hombre también sonriendo.

—Hola —les devolvió Marga el saludo con un tono de voz casi imperceptible.

Estaba temblando como un flan. Los funcionarios de los Servicios Sociales se pusieron a hablar con la enfermera de los detalles del alta médica.

—Nos ha dicho el doctor que ya estás bien del todo —dijo la mujer de los Servicios Sociales.

—Se ha portado como una verdadera campeona —le dijo orgullosa la enfermera.

—Pareces una chica muy fuerte y muy valiente —elogió el hombre.

Pero Marga no estaba para halagos. De hecho apenas si les prestaba la menor atención más pendiente del vaivén de la gente que de los intentos de los funcionarios por caerle bien... De repente, el corazón le dio un vuelco cuando vio a la Señorita Caridad haciéndole señas con la mano desde la entrada del hospital. Corrió hacia ella evitando tropezar con las personas como si de un *slalom* se tratara. El hombre de los Servicios Sociales hizo un intento de frenarla para evitar que se escapara pero la enfermera, que conocía de sobra a la Señorita Caridad, se lo impidió. Marga corría todo lo deprisa que le permitían sus piernas y la Señorita Caridad, para hacer más corto su esfuerzo, acudió presurosa a su encuentro. Ambas se fundieron en un abrazo en mitad del vestíbulo.

—¡No deje que me vaya, Señorita Caridad! ¡Lléveme con usted! —pidió Marga coartada por las lágrimas.

—¡Mi niña! ¡Mi niña! —clamó la Señorita Caridad que lloraba amargamente.

Permanecieron abrazadas sin que hubiera nadie en el mundo capaz de separarlas.

—¡Dígame que ha venido a por mí! ¡Que nos volvemos al viaducto! ¡Que nunca me va a dejar sola...!

Las súplicas de Marga podían oírse en toda la estancia. La gente se arremolinaba alrededor sin llegar a comprender la razón de semejante sufrimiento.

—¡Lo siento, mi niña! ¡Perdóname! —se disculpó la Señorita Caridad con los ojos inundados de lágrimas.

La mujer de los Servicios Sociales cogió a Marga de la mano y se la llevó de allí. Esa última mirada que Marga le dedicó a la Señorita Caridad le destrozó el alma.

19

El tiempo hizo que la culpa y el remordimiento se aliaran para martirizar a Carlos de forma inmisericorde. La Señorita Caridad ya ni le dirigía la palabra por mucho que el fotógrafo acudiera con asiduidad al viaducto e intentara con insistencia un acercamiento.

—Señorita Caridad, está en su derecho de ignorarme y lo entiendo, pero no puede evitar que me interese por Margarita... —le dijo Carlos la última vez que fue a hacer uno de sus luctuosos reportajes fotográficos.

—Le has fallado y eso no te lo perdono —sentenció la Señorita Caridad.

—Voy a ir a verla —dijo Carlos con determinación.

—¡Ni se te ocurra! ¡Ya le has hecho bastante daño! —dijo la Señorita Caridad levantando la voz.

—No le estoy pidiendo permiso —dijo el fotógrafo.

—¡Marga tiene ahora una nueva vida y lo mejor que podemos hacer tú y yo es alejarnos de ella! —dijo la Señorita Caridad.

—Eso es muy cruel —dijo Carlos visiblemente afectado.

—Tal vez tenga una oportunidad de salir adelante. A lo mejor encuentra una buena familia —elucubró la Señorita Caridad—. No lo sé. Lo que sí sé es que ni una mendiga como yo ni un...

Pensó un instante en la palabra adecuada

—... irresponsable como tú debemos cruzarnos en su camino. Así que olvídate de ella.

Y la Señorita Caridad dio por finalizada la conversación.

Pero si los sentimientos de Carlos con respecto a Marga le atormentaban sobremanera, el cambio en su situación familiar le supuso una vía de escape. Su hija Silvia recibió por fin el tan esperado trasplante de hígado, se recuperó en muy poco tiempo y ya no necesitó tratamiento alguno. Sorprendentemente, su hijo había vuelto al «buen camino». Tras la operación de Silvia, Iván experimentó una especie de epifanía que le convirtió en un hermano solidario, en un hijo cariñoso y, además, en un buen estudiante. Y ahí no acabó todo. Carlos recibió una llamada del director del suplemento dominical de *El País* interesándose por una serie de fotografías tomadas en el viaducto de Segovia y muy en especial las referidas a Marga. Junto a las instantáneas Carlos también había enviado a la editorial un relato escrito basándose en la entrevista que le hizo a ella en su casa. El director le anunció la próxima publicación de un reportaje sobre la vida en el viaducto en la edición dominical del periódico.

Como cada mañana de domingo Agustín acudió a comprar el periódico al quiosco de la esquina de Alberto Alcocer con Padre Damián, muy cerca de donde vivía. Y como cada mañana de domingo, después se dirigió al VIPS a desayunar un zumo de naranja, un café con leche y un *croissant* a la plancha. Tras echarle un rápido vistazo a las noticias del diario, en su casa las leería con más detalle, hojeó el suplemento dominical. Le llamó la atención el reportaje en las páginas centrales titulado «La vida y la muerte en el viaducto». El redactor exponía con crudeza la realidad del viaducto de Segovia alternando episodios del día a día de los mendigos que lo habitaban con los suicidios que allí se venían produciendo desde hacía años. También leyó por encima la entrevista a una niña de doce años cuya imagen llenaba la portada de la revista. Las fotografías eran reveladoras: indigentes intentando escapar del objetivo de la cámara... y una joven huidiza cuyo rostro le resultó familiar. Observó esa foto con detenimiento hasta que, con la rotundidad con la que un mazo golpea una pared, el rostro de la chica estalló en su mente transportándole a un pasado no muy lejano en el tiempo y haciéndole rememorar unos hechos que le provocaban sensaciones agridulces.

Yolanda Vázquez Fuentes y Agustín Sanz Peralta eran vecinos en el barrio de Usera, sus hermanos mayores formaban parte de la misma pandilla y sus padres compartían aficiones y momentos de charla en el portal del edificio en el que vivían. Pasaban juntos mucho tiempo. Por la mañana iban juntos al colegio, jugaban juntos en los recreos, se intercambiaban los bocadillos... y Agustín defendía a Yolanda cada vez que otros niños se metían con ella. Cuando terminaban las clases regresaban juntos a casa y, como iban al mismo curso, unas veces hacían juntos los deberes en casa de Agustín y otras veces los hacían juntos en casa de Yolanda.

Cumplieron los trece, los catorce, los quince... y sin que ninguno de los dos renunciara a sus respectivas amistades, Yolanda y Agustín prometieron no separarse nunca y ayudarse siempre que lo necesitaran y, como en las clásicas películas románticas, perpetuaron su amistad con un pacto de sangre. Pero como era de prever, la amistad desembocó en una atracción física entre adolescentes. Los besos y las caricias se convirtieron en costumbre y el sexo furtivo confirmó el intenso amor que sentían el uno por el otro. Ocultaron la relación a sus padres, más por respeto a una forma diferente de pensar algo anticuada que por temor al rechazo. Pero su secreto no duró mucho tiempo y fue precisamente esa manera de pensar de sus padres la que les llevó al infortunio.

Antes de cumplir los dieciséis años Yolanda quedó embarazada. Tras las lógicas dudas, los jóvenes enamorados decidieron afrontar la situación y aceptar la paternidad. Pero la noticia supuso un terremoto emocional para las familias, sobre todo para la de Yolanda que, como gente de pueblo, no podían soportar las habladurías ni que les señalaran por la calle. Y aunque Agustín prometió hacerse cargo de todo y de trabajar duro para ello, nadie le creyó. Al fin y al cabo no era más que un crío irresponsable, pensaron todos. Sus hermanos mayores dejaron de hablarse y sus padres, que antes compartían aficiones y momentos de charla, comenzaron a llevarse como el perro y el gato. La crisis llegó hasta tal punto que una noche en la que no paraba de darle vueltas a la cabeza, Yolanda se escapó de casa para no volver jamás.

Agustín quedó destrozado. Se aisló de su familia y se centró en sus estudios y más adelante en su carrera de Económicas. Y lo hizo tan bien que se licenció con *cum laude* y, por supuesto, como número uno de su promoción. No tardó en encontrar un buen trabajo en la multinacional agroalimentaria Nestlé donde a los veintisiete años ya era el director del área financiera. Pasó el tiempo manteniendo una fría y distante relación con su familia a quienes nunca llegó a perdonar el que no apoyaran a Yolanda. A veces, cuando sus pensamientos le traicionaban y le impedían dormir, se levantaba de la cama y salía a dar vueltas por Madrid rogando reencontrarse con su gran amor.

Yolanda no tuvo adónde ir ni a quién recurrir. Solo quería huir lejos de su familia y dejar de sentirse tan culpable. Deambuló por la ciudad sin un rumbo fijo. Cuando tenía hambre, pedía limosna para comer y al menos para un bocadillo sacaba, cuando tenía sueño dormía en el rincón más resguardado que encontrara, cuando tenía que hacer sus necesidades, las hacía donde nadie la vigilara...

El embarazo siguió su curso natural y, cuando rompió aguas en plena calle, un taxista tuvo a bien llevarla hasta el hospital más cercano, que en aquel momento fue

La Milagrosa. No quiso hablar de su familia ni tampoco decir quién era ella. Solo tuvo que decir que estaba sola y que el bebé que traía al mundo no era deseado para que el hospital se hiciera cargo de todo.

Después de unos días convaleciente Yolanda volvió a la calle. Continuó yendo de un lado a otro compadeciéndose de sí misma hasta que una mañana un joven okupa la encontró tirada en el parque de Berlín al borde de la hipotermia. El invierno estaba a la vuelta de la esquina y el frío no invitaba a dormir a la intemperie así que el okupa se la llevó con él al piso en el que vivía. Allí Yolanda se relacionó con un grupo de seis jóvenes que, como ella, habían huido de sus casas y habían encontrado la forma de sobrevivir compartiendo espacio, comida, medicinas, amistad... y, en definitiva, ayudándose los unos a los otros sin condiciones.

Pero ese estilo de vida no duraría mucho. Dos de los okupas, pareja desde hacía tiempo, agobiados por la falta de espacio y de intimidad, decidieron buscar otra vivienda más amplia donde meterse e invitaron a Yolanda a unirse a ellos. Se recorrieron Madrid y alrededores pero no encontraron nada que les interesara. Pero sí localizaron viviendas en alquiler temporalmente vacías. Sin pensárselo demasiado optaron por okupar estas casas y cuando intuían el peligro, se llevaban lo que podían y se metían en otra. Y así los tres iniciaron una delictiva carrera que a Yolanda no le traería nada bueno.

Durante un tiempo les fue bien juntos pero la ambición hizo que la pareja diera la patada a Yolanda y le dijera que «cada uno por su lado». El caso es que la chica, como se conocía el oficio, continuó asaltando casas ella sola y huyendo cuando venían mal dadas. A veces durmiendo en casas vacías y a veces en la calle, logró sobrevivir unos años hasta que la policía, alertada por unos vecinos, la pilló *in fraganti* cometiendo un robo dentro de un piso. En el juicio se negó a hablar de su familia y se limitó a decir que era una vagabunda sin hogar. Fue condenada a un año de cárcel y aunque no llegó a ingresar en prisión se vio obligada a presentarse en comisaría prácticamente a diario. Ante la dificultad de continuar con su actividad de okupa, buscó refugio en el viaducto donde, a cambio de una parte de sus ganancias y de algún que otro favor sexual, el Sevillano le permitió quedarse.

Yolanda acudía con asiduidad a la plaza del Callao a pedir limosna. No era un buen sitio para mendigar porque allí podían concentrarse una quincena de indigentes pero, por el contrario, le encantaba el ambiente y se le pasaba el tiempo volando. Se situaba en la calle Preciados esquina con la calle del Postigo de San Martín, cerca de la salida del bar Rodilla que tanto le gustaba. De hecho no podía pasar sin tomarse al mediodía un par de esos deliciosos sándwiches, y a veces una trufa, con parte del dinero conseguido.

De repente empezó a llamarle la atención un hombre que cada tarde alrededor de las seis se plantaba a la salida del bar. Se trataba de Claudio, un carterista profesional. Multitud de gente iba a esas horas a merendar y, entre los que entraban y los que salían, se formaba una aglomeración a la puerta del local que al ratero le venía de maravilla para sus aviesas intenciones. Una tarde, cuando Claudio hubo finalizado su trabajo, Yolanda le siguió y le paró a la altura de la plaza de Santo Domingo.

—¡Eh, tú, chorizo! —le gritó Yolanda.

Claudio se giró hacia ella.

—¿Estás hablando conmigo? —preguntó Claudio con un inconfundible acento argentino.

—Sí, hablo contigo. O me das la mitad de lo que has robado en el Rodilla o se te acabó el chollo —dijo Yolanda envalentonada.

—¡Pero vos estás loca! ¡Yo no he robado nada! —dijo Claudio como si con él no fuera la cosa.

—No te hagas el despistado que llevo varios días sin quitarte el ojo de encima —dijo Yolanda sin darle opciones.

—¡Ah, ya! Vos sos la pordiosera de la esquina —cayó en la cuenta Claudio.

—Sí, la misma. Así que ve soltando la pasta o cada vez que te presentes en la salida del Rodilla te voy a señalar al grito de ¡chorizo, mangante! Tú decides —amenazó Yolanda.

Claudio clavó sus ojos en ella y esbozó una tenue sonrisa.

—¿Y qué tal si os propongo un trato? —preguntó interesado.

—A ver, habla por esa boquita —dijo Yolanda adoptando un gesto de hastío.

—Formemos un equipo. Yo os enseño la profesión y a los que se me escapen a mí los desplumáis vos —propuso Claudio.

—¿Quieres decir que me vas a enseñar a mangar carteras? —preguntó Yolanda sorprendida.

—Con arte, limpiamente y sin que se den cuenta —asintió Claudio.

—¡Hay que joderse cómo sois los argentinos! —dijo Yolanda sin acabar de creerse lo que estaba pasando.

Una semana empleó Claudio en enseñarle los trucos del «oficio» a Yolanda. Por la mañana ensayaban y por la tarde la chica estudiaba las habilidades del argentino viéndole trabajar sobre el terreno. Cuando ya no hubo nada más que enseñar ni nada más que aprender, trazaron una ruta por el centro de Madrid. Por las mañanas iban un rato a las puertas de El Corte Inglés de Preciados y otro rato a la salida del Metro de Sol. Por las tardes acudían al Rodilla de Callao y más tarde, dependiendo del interés que despertara la película, se plantaban en algún cine de la Gran Vía a la salida de la sesión de las siete de la tarde.

Yolanda había adquirido una técnica depuradísima mediante la cual, mientras con una mano extendida pedía limosna, con la otra sustraía las carteras. De esta manera los que no eran caritativos con ella se quedaban sin dinero por arte de birlibirloque. Al final de la jornada hacían recuento y repartían el dinero a partes iguales. Aunque en el viaducto todos acabaron enterándose de su especial destreza para el robo, a ella jamás se le ocurrió contarle al Sevillano a qué se dedicaba, pues el mal bicho le hubiera explotado a más no poder.

20

Ese mismo domingo por la mañana Agustín cogió un taxi y se plantó en la calle Segovia a unos pocos metros del viaducto. Caminó del asfalto al césped temblando como un chiquillo asustado y con la sensación de estar haciendo algo prohibido. Buscó con la mirada algo que le ayudara a identificar a Yolanda, pero entre tanto cacharro era difícil encontrar nada.

—Demasiado bien vestido vienes tú por aquí. Lo más seguro es que te manches esa ropa tan cara —le advirtió la Señorita Caridad desde la distancia.

—Quisiera preguntarle por alguien, si no es molestia —dijo Agustín acercándose a la mujer.

—Puedes preguntar que no es ninguna molestia —le dijo la Señorita Caridad.

—Estoy buscando a Yolanda...

—¿La Robacasas?

Agustín adoptó un gesto de incertidumbre.

—Así es como la llamamos en el puente —aclaró la Señorita Caridad—. ¿Quién eres? ¿Un familiar?

—Un amigo de la infancia —respondió Agustín—. Perdimos el contacto hace tiempo y hoy la he visto aquí...

Le mostró el suplemento dominical de *El País*. La Señorita Caridad se levantó como un resorte del taburete prefabricado y le arrancó la revista de las manos. Agustín retrocedió un paso.

—¡Es mi niña! —dijo la Señorita Caridad después de observar la portada durante un buen rato.

Buscó el reportaje en las páginas centrales con tanto ímpetu que casi rompió las hojas.

—¡Fíjate! ¡Si somos Marga y yo! —dijo la Señorita Caridad emocionada al ver una de las fotografías—. ¡Y este es el Ingeniero! ¡Y Paco Apuestas...!

—Esta de aquí es Yolanda...

Agustín señaló la foto con el dedo.

—La Robacasas —confirmó la Señorita Caridad.

—¿Sabe dónde la puedo encontrar? —preguntó Agustín.

—Anda por la Puerta del Sol con un argentino —dijo la Señorita Caridad.

—¿Es... su novio? —preguntó Agustín con temor a una respuesta afirmativa.

—No, no lo creo. Aunque con estas cosas nunca se sabe... Pero vamos, que no, que no son novios —rectificó la Señorita Caridad temiendo haber metido la pata—. Eso te lo aseguro yo que de esto sé un rato.

Agustín suspiró aliviado.

—Si te das prisa la puedes encontrar en la entrada de El Corte Inglés de Preciados o en la salida del Metro de Sol que da a Arenal y a Mayor. A estas horas suele andar por allí —le informó la Señorita Caridad.

—Muchísimas gracias —dijo Agustín.

—¿Puedo quedarme la revista?

—Claro, quédesela. No hay problema —dijo Agustín con una sonrisa.

La Señorita Caridad regresó emocionada a su rincón a leer el reportaje.

Agustín volvió a coger un taxi hasta la Puerta del Sol y se dirigió a la entrada principal de El Corte Inglés. Allí estaba Yolanda tendiendo la mano a quienes salían de los grandes almacenes en busca de una limosna o de un botín mayor.

—¡Yoli...!

La joven se dio la vuelta y... poco le faltó para caer desmayada. Sintió una vergüenza infinita y unas ganas inmensas de salir corriendo. Sin embargo, se quedó allí quieta como una estatua delante del amor de su vida.

—A... Agustín —balbuceó.

—¿Cómo estás? —preguntó Agustín intentando que la sonrisa no se le borrara del rostro.

—Ya ves... —respondió Yolanda.

Se hizo un breve silencio entre los dos.

—¿Quieres... venir conmigo? —le pidió Agustín temeroso.

En ese momento Yolanda sintió el peso de un sinfín de desdichas, de años perdidos, de errores fatales, de reproches, de culpas, de una vida rota...

—¿Adónde? —preguntó Yolanda apenada.

—A mi casa —dijo Agustín manteniendo la sonrisa.

Claudio vigilaba a una distancia prudencial que no le sucediera nada malo a su socia. Yolanda le hizo una señal indicándole que todo marchaba bien.

—¿Puedo darme un baño? —preguntó Yolanda con timidez.

Fueron las primeras palabras que dijo uno de los dos desde que cogieron el taxi en la Puerta del Sol.

—Por supuesto. Al final del pasillo a la derecha —señaló Agustín.

Cuando Yolanda salió del cuarto de baño, Agustín ya tenía la mesa preparada con espaguetis boloñesa y una botella de Ribera del Duero.

—Me he puesto tu albornoz. ¿No te importa? Mi ropa... apesta —dijo Yolanda.

Llevaba en la mano su ropa interior, sus pantalones de pana, su camisa, el jersey y la cazadora vaquera.

—No te preocupes, eso tiene solución. Siéntate. Enseguida vuelvo —dijo Agustín.

Cogió la ropa, fue a la terraza y puso la lavadora. En unos pocos minutos regresó, se sentó a la mesa y sirvió los espaguetis. Yolanda bajó la cabeza y forzó una sonrisa.

—Es lo mejor que sé cocinar —se excusó Agustín—. Pero te aseguro que están muy buenos.

A continuación sirvió el vino.

—¿Un brindis? —dijo Agustín levantando su copa.

De repente las lágrimas comenzaron a escapar deprisa de los ojos de Yolanda.

—Lo... siento tanto. No esperaba que me vieras de esta manera...

Yolanda apenas podía articular palabra. Agustín volvió a dejar la copa sobre la mesa.

—Yoli, te estuve buscando —dijo Agustín.

—Y yo no quería que me encontraras —dijo Yolanda sin dejar de llorar—. Todo lo que pasó... fue... tan doloroso...

—Debiste quedarte a mi lado —dijo Agustín con un nudo en la garganta.

—¡Ya lo sé, Agustín! ¡¿Qué crees que no me he arrepentido de no haberlo hecho?! ¡Cada minuto de mi vida pensé en volver pero estaba destrozada! ¡Tenía tanto odio acumulado y era tan fuerte que no podía compartir eso contigo! ¡Eso no...!

—¿Y el bebé? —le interrumpió Agustín.

Yolanda se secó las lágrimas con la manga del albornoz.

—No podía hacerme cargo de él. Lo dejé en el hospital —respondió Yolanda.

Se quedaron callados sin atrever a mirarse el uno al otro.

—¿Por qué has venido? —preguntó Yolanda sin levantar la cabeza del plato de espaguetis.

Agustín se bebió la copa de vino de un trago como si fuera una pócima que infundiera valor.

—Porque desde que te fuiste no he hecho otra cosa que pensar en ti. Porque he soñado tantas veces que estábamos juntos que ya no soporto estar solo por más tiempo. Porque te veo cada día en el salón leyendo una revista, en la cocina tomando el desayuno, en mi habitación durmiendo... Porque te he imaginado tantas veces en esta casa que ya eres como un fantasma que me persigue día y noche.

Yolanda luchaba por no volver a llorar.

—Quédate a mi lado, Yoli, por favor. Deja las calles —le rogó—. Tengo un buen trabajo. En esta casa podremos formar un hogar... Tú y yo juntos. Nada se interpondrá entre nosotros, no lo permitiré, te lo prometo...

Sus palabras estaban cargadas de urgencia. Yolanda levantó la cabeza y le miró fijamente a los ojos durante unos interminables segundos.

—No me digas nada que no se vaya a cumplir, por lo que más quieras, Agustín. Dime que esto no es un sueño y que no volveré a despertar en el viaducto —suplicó Yolanda.

Agustín se levantó de la silla y tendió la mano a Yolanda invitándola a hacer lo mismo.

—Nada de lo bueno que me pase en la vida tiene sentido si tú no estás a mi lado —dijo Agustín sin apartar su mirada de ella....

21

En el centro de menores no había habitaciones carcelarias ni compañeros que hicieran la vida imposible a otros compañeros, no había guardias inquisidores ni castigos ejemplares, no había clanes xenófobos ni tampoco delincuentes, no había miedo, ni soledad, ni indefensión... nada era como Marga se había imaginado. Dormía en una espaciosa habitación que compartía con Paloma y con Carla. La primera indigente como ella y la segunda, hija de una drogadicta y de un alcohólico a quien habían rescatado del desprecio de su madre y de las palizas de su padre. La comida era buena, tenían actividades de ocio, sala de cine, sala de juegos, gimnasio... mucho más de lo que Marga hubiera deseado. Algunos días acudían a terapia psicológica y cada tres meses pasaban una revisión médica. Por las mañanas iban a clase, cada una al curso que le correspondiera, y por la tarde recibían formación profesional. El objetivo era estar preparadas para la vida social y laboral en cuanto cumplieran los dieciocho años y se vieran obligadas a dejar el centro, si antes no habían tenido la fortuna de ser acogidas por alguna familia.

Marga estaba estudiando en la biblioteca cuando una de las recepcionistas la avisó de que tenía una visita en la cafetería. «¿Una visita? ¿Yo?», se extrañó. Miró el reloj de pared y vio que pasaban unos minutos de las seis de la tarde. Dejó el libro que estaba leyendo en el estante al que pertenecía y salió intrigada de la biblioteca.

Al fondo de la cafetería, en la mesa más alejada de la entrada, esperaba Carlos. Marga estaba a punto de dar media vuelta y regresar a la biblioteca cuando el fotógrafo la saludó con la mano. Haciendo de tripas corazón fue a su encuentro.

—¡Cielo Santo! ¡Casi no te reconozco! —se sorprendió Carlos.

—Pues usted sigue igual —dijo Marga con fingida alegría.

Se sentaron a la mesa uno frente al otro.

—¡Cómo has cambiado, Margarita! ¿Cuántos años tienes ya? ¿Dieciséis? —preguntó Carlos.

—Diecisiete —le corrigió Marga.

—¡Ya han pasado cuatro años desde la última vez que nos vimos...! —afirmó Carlos con nostalgia.

—Mucho tiempo, ¿verdad? —dijo Marga forzando una sonrisa.

Se quedaron unos pocos segundos en silencio que a Marga le parecieron una eternidad.

—Estaba tomando café... ¿Quieres tomar tú algo? —le dijo Carlos.

—No, gracias —respondió Marga esforzándose por ser amable.

—Yo... quería verte..., saber cómo te iba —dijo Carlos sin poder ocultar el sentimiento de culpa que todavía arrastraba.

—Bien, me va bien —dijo Marga encogiéndose de hombros.

—¿Os dan bien de comer, os tratan bien...? —preguntó Carlos en tono paternal.

El fotógrafo intentaba romper el muro de hielo que les separaba.

—Sí, sí, todo bien. Aquí siempre hay algo que hacer, no nos aburrimos —dijo Marga de forma huidiza.

Su lenguaje corporal indicaba que quería que la conversación acabara cuanto antes. Carlos suspiró.

—No sé si a estas alturas sirve de algo pedirte perdón —dijo Carlos con la cabeza gacha.

—¿Y la Señorita Caridad? ¿Por qué no ha venido a verme? —preguntó Marga haciendo caso omiso de la disculpa.

—Ella me dijo que... que no quería ser un inconveniente para ti —dijo Carlos—. Que ninguno debíamos interferir...

—Está bien, lo comprendo —le interrumpió Marga con cierta tristeza—. ¿Y qué tal está? ¿Sigue en el puente?

—Allí sigue —confirmó Carlos—. La última vez que la vi fue el mes pasado. Ya sabes, un suicidio. Intenté hablar con ella pero me dio la espalda, como hace siempre.

—¿Y qué esperaba? —le reprochó Marga.

—Exactamente eso —dijo Carlos apesadumbrado.

—He de volver dentro. Tengo cosas que hacer —se impacientó Marga.

—¿Recuerdas las fotos que te hice y todo lo que me contaste sobre los mendigos del viaducto...? —dijo Carlos sacando a relucir el verdadero motivo de su visita.

Marga asintió con la cabeza.

—... Escribí un texto y lo envié a *El País*, junto con algunas de las fotografías que tomé en el viaducto, varias eran tuyas —aclaró Carlos—. Cuando ya casi me había olvidado del asunto me llamaron interesados en publicar un reportaje en el suplemento dominical.

—Me alegro por usted —dijo Marga con desgana.

—No, por favor, escucha, porque eso no es todo —dijo Carlos intentando llamar su atención—. Mi sorpresa fue cuando el domingo en cuestión compré el periódico y te vi en la portada del dominical. ¡Habían puesto tu foto, Margarita! ¡La foto que te hice el primer día en el viaducto! Leí el reportaje y vi que todo giraba en torno a ti...

—Varias personas que trabajan en el centro también lo compraron —le interrumpió Marga—. Al día siguiente una profesora nos leyó el reportaje a toda la clase. ¿Qué quiere que le diga? Eso pasó hace mucho tiempo.

Quería terminar con aquella reunión de una vez por todas.

—No he venido solo a contarte eso, Margarita... —dijo Carlos.

Marga se cruzó de brazos mostrando su impaciencia sin tapujos.

—... A raíz de la publicación el director del suplemento dominical me llamó y me dijo que muchas personas se habían puesto en contacto con la editorial queriendo hacer donaciones para ayudar a la «niña de la portada» a salir de la miseria. Yo no tenía ni idea de qué hacer, pero no quería quitarle la ilusión a toda esa gente conmovida con tu historia. Así que di de alta una sociedad con el nombre de «Fundación Margarita Barrios» y abrí una cuenta corriente donde ingresar las donaciones...

—¡Usted no tenía derecho a utilizar mi nombre...! —exclamó Marga indignada.

—Escúchame —le interrumpió Carlos—. En esa cuenta corriente hay más de diez millones de pesetas.

Marga le miró fijamente a los ojos sin llegar a comprender el alcance de lo que le estaba diciendo.

—Todo ese dinero es tuyo, Margarita, y puedes hacer con él lo que quieras —dijo Carlos.

El fotógrafo suspiró y se apoyó en el respaldo de la silla como si se hubiera quitado un enorme peso de encima.

22

Aquella mañana de principios de junio la Señorita Caridad se despertó temprano. El Inversor la saludó con un «¡Buenos días, guapa!» que apestaba a anís, el Ingeniero parecía haberse quedado dormido fuera del cobertizo con los bártulos de la heroína tirados por el suelo, la Tetona se desperezaba delante de la choza del Caníbal... y el Sevillano no había vuelto a pisar el viaducto desde que le echaron de allí.

La Señorita Caridad se aseó en la fuente del parque de Atenas, desayunó medio brik de zumo de melocotón y marchó a pedir limosna. El pórtico de la Parroquia Santa María de la Cabeza volvió a ser propiedad de la gitana y de sus dos churumbeles por lo que no tuvo más remedio que volver a los lugares de costumbre. Se apostó en la esquina de Mayor con Sacramento y extendió su viejo paño marrón confiando en las limosnas de sus habituales benefactores y, si hubiera suerte, de alguno nuevo.

La primavera daba al cielo de Madrid ese tono azul

brillante que invitaba al disfrute del suave calor del sol en una de las muchas terrazas que comenzaban a poblar las aceras... El Retiro se llenaba de transeúntes anónimos... Multitud de visitantes curiosos y de estudiantes en viaje de fin de curso callejeaban por el centro de la ciudad sin perderse ninguna de las visitas obligadas al Museo del Prado, a la Gran Vía, a la plaza Mayor o al Palacio de Oriente... Las tiendas de suvenires hacían su agosto y los restaurantes típicos preparaban sus menús «*atrapa turistas*» a base de jamón serrano y paella... Y mientras tanto los mendigos se apresuraban a ocupar sus esquinas intentando recoger limosnas extra de los nuevos viandantes.

La mañana avanzaba hacia la hora de comer. La Señorita Caridad comenzó a hacer balance de lo conseguido por si le daba para retirarse hasta el día siguiente. Quince monedas de un duro, seis monedas de veinticinco, ¡tres de cincuenta!, ¡una de cien!, setenta pesetas sueltas...

—¿Se acabó por hoy, Señorita Caridad...?

La mendiga levantó la cabeza para ver quién era esa mujer que se estaba dirigiendo a ella por su nombre.

—¿Ya no se acuerda de mí? ¿Tanto he cambiado? —le dijo Marga con una enorme sonrisa.

Entonces la Señorita Caridad se fijó detenidamente en los rasgos de la joven.

—¿Marga...?

Dudó apenas un par de segundos.

—¡Mi niña! ¡¿Eres tú?! —dijo emocionada la Señorita Caridad.

Se levantó del suelo y se abrazó a ella y ese abrazo le insufló nueva vida.

—¡Cuánto has crecido! ¡Ya eres una mujer!

La Señorita Caridad lloraba a lágrima tendida.

—Usted... no ha cambiado.

Marga tenía un nudo en la garganta que le impedía hablar con claridad.

—¡Deja que te vea!

La Señorita Caridad la miró y remiró por delante y por detrás.

—¡Pero qué guapa estás! ¡Y qué ropa tan elegante! ¡Pareces una ejecutiva! —dijo con asombro.

Ahora fue Marga quien se abrazó a ella con fuerza.

—La he echado de menos, Señorita Caridad, no se imagina usted cuánto.

—Yo también, mi niña.

Y estuvieron así abrazadas durante un buen rato.

—Bueno, basta ya de lloros y de sensiblerías. Es la hora de comer y yo tengo hambre —dijo la Señorita Caridad secándose las lágrimas con la mano.

Fueron a la Chocolatería San Ginés y como Benjamín seguía trabajando allí la comida les salió gratis. Comieron bocadillos de jamón con queso y chocolate con churros sentadas en las escaleras de la entrada de servicio de la Joy Eslava.

Después de comer se dirigieron a los jardines de Lepanto y allí se contaron todo lo que les había sucedido en los últimos cinco años. La Señorita Caridad le habló a

Marga de los nuevos vecinos del viaducto, del romance entre la Tetona y el Caníbal, de los problemas del Ingeniero con la droga, de que Paco Apuestas le había arreglado su refugio y que de repente desapareció y no se le volvió a ver, de que la Robacasas se había largado con su amor de juventud, de que Laura había obligado a su hija a prostituirse en el portal de Valverde, aunque eso fue hace mucho tiempo, de que no se había vuelto a saber nada del Sevillano y de que, por lo demás, para ella todo seguía igual. Y Marga le habló a la Señorita Caridad de sus amigas en el centro de menores, de que había terminado tercero de B.U.P. con sobresaliente de nota media, de su relación con los educadores, del deporte que hacía, de las películas que había visto y de lo aburrido que, en el fondo, era todo allí.

—¿Hace cuánto que saliste? —preguntó la Señorita Caridad.

—Tres meses —contestó Marga.

—Eso significa que ya tienes... ¡Dieciocho años! —exclamó la Señorita Caridad.

—Casi diecinueve —confirmó Marga.

—¡Madre mía! ¡Cómo pasa el tiempo! ¿Y ahora qué estás haciendo? Por tu forma de vestir parece que algo importante —dijo la Señorita Caridad en tono adulador.

—Ya le contaré los detalles. Ahora venga conmigo —apremió Marga.

—¿Pero adónde quieres que vayamos? —preguntó intrigada la Señorita Caridad.

—De compras.

Se recorrieron la Gran Vía tienda por tienda y compraron tres faldas, dos pares de pantalones, cuatro blusas, dos chaquetas, dos jerséis, dos pares de zapatos, un bolso, ropa interior... Luego fueron a un centro de estética donde lavaron, cortaron, tiñeron, secaron y peinaron el pelo de la Señorita Caridad, le hicieron la manicura y la maquillaron. Cuando se levantó del sillón donde la habían acicalado y se puso delante del espejo de cuerpo entero, se quedó paralizada ante su propio reflejo sin atreverse a mover un solo dedo.

—¡Está usted preciosa, Señorita Caridad! —se sorprendió Marga.

—Lo que cambiamos las mujeres con un poco de pintura... —bromeó la Señorita Caridad a quien le costaba reconocerse.

Pero esa broma no era más que un escudo que le ayudaba a contener las lágrimas.

—Gracias, mi niña —dijo la Señorita Caridad al borde del llanto.

—No me dé las gracias. Por todo lo que ha hecho por mí, usted se merece esto y mucho más —dijo Marga.

Y la abrazó con ternura.

—¿Tiene hambre, Señorita Caridad? —preguntó Marga.

—Pues la verdad es que el estómago ya me está llamando la atención —contestó la Señorita Caridad.

—Esta vez elijo yo el sitio —advirtió Marga.

Se dirigieron a uno de los restaurantes típicos de la calle Barcelona y cenaron de raciones: patatas bravas, calamares, jamón de jabugo, zarajos y gallinejas, todo ello acompañado con vino de Rioja.

Llegaron al número dos de la calle Sevilla alrededor de las once de la noche. La Señorita Caridad se fijó en el cartel de la entrada.

—Hotel Asturias —leyó.

La mujer se mostró perpleja.

—¿Por qué nos paramos aquí? —preguntó la Señorita Caridad esperando una aclaración.

—No volverá al viaducto Señorita Caridad —dijo Marga con una sonrisa iluminando su rostro.

—No entiendo qué quieres decir —dudó Caridad.

—De momento usted se quedará aquí. Luego ya veremos —dijo Marga segura de sí misma.

Entraron en el hotel y se dirigieron a la recepción.

—Tengo una reserva a nombre de Margarita Barrios —indicó al recepcionista.

El hombre hizo la consulta, cogió la llave y se la entregó a Marga.

—Aquí tiene. Segunda planta, habitación siete...

Para la Señorita Caridad aquella pequeña habitación con baño incorporado era un sueño que creía que nunca se llegaría a cumplir.

—Pero... ¿cómo vas a pagar todo esto? —preguntó la Señorita Caridad.

—Usted no se preocupe por eso. Ahora tengo algo de dinero —dijo Marga.

—¿Tienes un trabajo? —preguntó curiosa la Señorita Caridad.

—Ha sido Carlos... —comenzó a decir Marga.

—¡¿Trabajas con él?! ¡¿Con ese egoísta desaprensivo?! —se escandalizó la Señorita Caridad.

—No, no trabajo con él —aclaró Marga—. Todo tiene que ver con un reportaje sobre el viaducto...

—Sí, ya lo vi. Tengo un ejemplar de la revista —dijo la Señorita Caridad.

—Al parecer hubo muchas personas que se apiadaron de la niña de la portada y quisieron ofrecerle su ayuda —explicó Marga—. Supongo que en ella vieron una especie de símbolo o algo así...

Marga se encogió de hombros.

—... Carlos abrió una cuenta corriente para ingresar el dinero de las donaciones... —continuó Marga.

—Quisiera saber yo qué tajada se habrá llevado él —comentó desconfiada la Señorita Caridad.

—... Esperó a que yo cumpliera los dieciocho años y a que saliera del centro de menores para cambiar la titularidad de la cuenta y ponerla a mi nombre —siguió Marga con la explicación—. Desde entonces ha estado conmigo ayudándome en todo cuanto he necesitado. Además, me ha dicho que me va a enseñar a hacer fotos y que me dejará acompañarle hasta que le coja el tranquillo al oficio.

—No me gusta —protestó la Señorita Caridad—. Tú sacando fotos de accidentes y de muertos... No me gusta nada.

—Con la de cosas que he visto en el viaducto no me voy a escandalizar por eso ahora —la tranquilizó Marga.

—Pues tampoco me gusta que vayas con él. Te hizo daño —dijo la Señorita Caridad—. ¿O es que ya no te acuerdas?

—Ha demostrado ser un buen hombre —le defendió Marga.

—Tú sí que eres buena, mi niña...

La Señorita Caridad se acercó a Marga y le dio un beso en la frente.

—Tengo que ocuparme de unos asuntos que me llevarán un tiempo —dijo Marga—. De momento esta será su casa. Cuando lo haya puesto todo en orden hablaremos.

Marga dejó veinte mil pesetas encima de la mesilla y se marchó del hotel. Esa noche la Señorita Caridad se acostó en su nueva cama convencida de que la vida le estaba dando una segunda oportunidad.

23

El reloj de la Puerta del Sol marcaba las once y diez de la mañana. Marga salió del Metro y se adentró en la calle Arenal que a esas horas estaba atestada de gente. Avanzó por el paseo hasta la entrada principal de la iglesia de San Ginés de Arlés. El mendigo que pedía limosna al final de la escalera se postraba de rodillas con las manos extendidas y la cabeza gacha esperando las monedas de todas aquellas personas que entraran o salieran del santuario. Era lo mismo que había estado haciendo desde mucho antes de que la Señorita Caridad les encontrara a ella y a Martín tirados en la calle.

—Doru...

El rumano levantó la cabeza del suelo y miró a Marga con evidente gesto de extrañeza.

—¡Déjame en paz! ¿No ves que estoy ganándome la vida? —dijo Doru de muy malas maneras.

—Quiero pedirte algo —dijo Marga.

—Pedir es gratis pero dar no —contestó Doru interesado.

Volvió a fijarse en ella y mirarla de arriba abajo.

—¿Cómo sabes mi nombre? —preguntó Doru desconfiado.

—Me lo dijo alguien que te conoce...

Marga no le dio más explicaciones al respecto.

—¿Puedo hablar unos minutos contigo...?

La joven sacó mil pesetas de su bolso y se las ofreció.

—Eso es mucho menos de lo que consigo en la misa de once —rechazó Doru.

Sacó otro billete de mil y esta vez el rumano sí aceptó el dinero.

Doru dejó la iglesia y llevó a Marga a un lugar apartado en el interior del pasadizo de San Ginés donde pasarían algo más desapercibidos.

—¿De qué quieres hablar? —se impacientó Doru.

—Necesito que me lleves con las personas que te protegen —dijo Marga sin más rodeos.

—¡Tú estás loca! —se incomodó Doru—. La gente no habla con ellos, son ellos los que deciden con quién hablan y con quién no.

—De acuerdo, pues diles que les quiero hacer un encargo —dijo Marga.

—Eso vale más que las dos mil pesetas que me has dado —dijo Doru cicatero.

—Escúchame bien, o me llevas con tus protectores o me planto contigo en la iglesia y hago lo posible para que nadie te dé una peseta —amenazó Marga—. Y mañana volveré y haré lo mismo, y al otro y al otro...

Doru miró fijamente a los ojos a Marga y luego se quedó unos instantes pensativo.

—Ven conmigo —ordenó Doru enojado.

Dejaron el pasadizo de San Ginés, salieron a la Puerta del Sol y buscaron una cabina telefónica libre.

—Espera aquí —indicó Doru.

El rumano entró en la cabina, sacó unas monedas, marcó un número y mantuvo una conversación en romaní durante un par de minutos.

—Hotel Rex —dijo Doru nada más salir de la cabina.

—¿Ahora mismo? —se sorprendió Marga.

—¡Sí, ahora! —dijo Doru elevando el tono de voz—. Tú sabrás dónde te metes.

Y el rumano regresó a su puesto en la iglesia.

Marga entró en el hotel e hizo un rápido recorrido visual por la recepción y el *hall*. Apenas había gente. En el salón del bar, en el lugar más alejado, vio a un hombre hacerle una señal con la mano. Se dirigió hacia él.

—¿Querías verme? —preguntó Mirko.

Tenía un marcado acento extranjero, tal vez procedente de alguno de los países del este de Europa.

—Sí, bueno yo...

De repente Marga se puso muy nerviosa

—Siéntate, por favor. —Mirko la invitó a sentarse.

Marga tomó asiento enfrente de él.

—Doru me ha dicho que querías hacer un encargo...

Hablaba muy despacio, como si todavía no dominara el idioma castellano.

—... ¿De qué encargo se trata? —preguntó Mirko entrelazando las manos.

La tensión tenía atenazada a Marga y no le salían las palabras.

—¿Quieres tomar algo? ¿Un café? ¿Un refresco...? —ofreció Mirko intentando parecer amigable.

Ella negó con la cabeza.

—... No tienes nada que temer. No voy a hacerte nada malo. Estoy aquí para escuchar.

Marga se frotó las manos, tragó saliva y empezó a hablar.

—El caso es que no tengo claro que pueda ayudarme, señor... —dudó Marga.

—Me llamo Mirko. ¿Cómo he de llamarte yo a ti?

—Margarita.

—Margarita, permíteme que te explique cómo funciona esto —dijo Mirko queriendo avanzar en la conversación—. Tú me facilitas información y me dices de quién se trata, si tienes una fotografía mejor, me explicas lo que quieres y me das un plazo para ejecutar el trabajo. Necesitaré detalles de la persona como a qué se dedica, su domicilio, vuestra relación, amistades, costumbres... y, sobre todo, qué es lo que ha hecho. Cuanto más sepa más fácil será para todos. ¿Estamos hablando de lo mismo?

—Sí —contestó Marga.

—¿Y te han quedado claras cuáles son mis necesidades? —preguntó Mirko sin dejar de mirar a los ojos a Marga.

—No estoy segura de poder facilitarle toda la información que me pide —se disculpó Marga—. Hace tiempo que no tengo contacto...

—Margarita —interrumpió Mirko—, esa información es imprescindible. Sin ella no podré ajustar tus cuentas y tendrás que olvidarte del asunto.

Mirko sacó del bolsillo interior de su chaqueta la billetera y un bolígrafo. De la billetera extrajo una tarjeta, escribió en ella y luego se la entregó a Marga.

—Estos son mis honorarios y la cuenta del banco donde realizar el ingreso. El cincuenta por ciento ahora y el resto al finalizar el trabajo, como es costumbre. En la tarjeta está mi teléfono. Llámame cuando tengas la información que necesito.

—Pero... esto es mucho dinero —se sorprendió Marga.

—Los resultados están garantizados —explicó Mirko.

Marga lanzó un profundo suspiro.

—Señor Mirko...

—Solo Mirko, por favor.

—Está bien, Mirko. No pretendo hacer daño a nadie... —comenzó a decir Marga.

—Si yo le pido a la persona en cuestión que, por favor, acepte tus exigencias, ¿lo hará sin oponer resistencia? —interrumpió Mirko.

—Es posible que no —contestó Marga.

—Margarita, el daño está implícito en lo que hago. Es una consecuencia, un mal necesario —explicó Mirko—. Es algo que tú también has de tener claro. Si quieres resultados has de darme libertad para actuar como mejor considere.

—En cuanto tenga la información que me pide le llamaré —dijo Marga después de unos segundos de incertidumbre.

Mirko Luksic era el mayor de seis hermanos nacidos en el seno de una familia humilde de Zagreb. Su padre se mataba a trabajar durante doce horas diarias en una carpintería mientras que su madre cuidaba de la casa.

A los doce años Mirko fue expulsado del colegio por su displicente actitud y su carácter violento. Ese mismo día, en vez de esperar el regreso de su padre y aguantar la reprimenda, se enfrentó a su madre, se fugó de casa y se unió a una banda neonazi con la que ya había cometido algunas tropelías. Le enseñaron tácticas militares de asalto, aprendió a pelear, a usar armas blancas, a disparar armas de fuego...

De entre el resto de sus compañeros Mirko destacó como un eficiente soldado, era quien más asaltos cometía, quien más dinero aportaba, era un buen luchador, un gran tirador y un disciplinado miembro de la congregación. Esta brillante «hoja de servicios» hizo que a los dieciocho años fuera elegido como uno de los cuatro lugartenientes y que a los veinte se hiciera con el poder total del grupo.

Con el joven Mirko al frente de los neonazis, la violencia experimentó un notable incremento en Zagreb, lo que obligó a la policía a poner cerco a los delincuentes, a que la banda fuera desmantelada y a que su líder cayera en prisión.

Tras cumplir tres años de condena Mirko quiso volver con sus padres pero se encontró con las puertas cerradas y con el repudio. Rechazado por los suyos y sin ningún sitio adonde ir, tomó la difícil decisión de abandonar su tierra natal y probar suerte en otros lugares.

Pero la suerte no le acompañó ni en Cali, ni en Ciudad Juárez, ni en Milán, ni en Marsella... Después de cuatro años dando bandazos de ciudad en ciudad y malviviendo de pequeños atracos, terminó su viaje en Madrid. Aquí continuó jugándosela en insignificantes robos hasta que un día presenció por casualidad la pelea entre dos mendigos por hacerse con un lugar de privilegio a la salida de una iglesia. En ese momento cambió su suerte.

Mirko pasó semanas observando y analizando los sitios donde la gente era más proclive a dar limosnas. Hizo un cálculo aproximado y enseguida se dio cuenta del gran negocio que podría suponerle. Confeccionó un listado con todos estos lugares clave y habló uno a uno con todos los mendigos que los regentaban. La proposición era tan sencilla como diabólica: dos tercios de las ganancias a cambio de protección...

El primer año Mirko se adueñó de una decena de buenos sitios y la cuenta ascendió a una veintena en el segundo año para finalizar controlando cuarenta y ocho iglesias, supermercados, teatros, cines, centros de negocios, restaurantes... repartidos por el centro de Madrid. Los mendigos ganaban pero sobre todo ganaba él.

Tal era el volumen de dinero que le aportaba este inesperado negocio que tuvo que contratar a un fiel grupo de implacables empleados para que le ayudaran con las recaudaciones. Al mendigo que se saliera del tiesto una vez le hacía una advertencia, si lo hacía dos veces llegaban las palizas y si la rebelión persistía las palizas se convertían en amputaciones. Otros mafiosos que vinieron después quisieron hacerse con el negocio o, al menos, compartirlo, pero Mirko, con sus brutales argumentos, no lo permitió.

Pero los negocios del de Zagreb no se quedaron ahí: pagaba a las mujeres indigentes para que se quedaran embarazadas y, tras el parto, alquilaba los bebés a otros mendigos con lo que obtenía unos ingresos extra; compró a bajo coste unas cuantas viviendas en los barrios marginales de la ciudad que alquilaba a varias familias a precios asumibles; ofrecía medicamentos y servicios médicos clandestinos por una módica cuota... Con el tiempo Mirko se convirtió en el proveedor exclusivo de los sin techo y, en consecuencia, en un hombre rico.

Y como una cosa llama a la otra, Mirko no tardó en ser solicitado para otro tipo de trabajos más fúnebres y también más rentables. Incorporó a sus filas a un sicario colombiano que se ocupaba personalmente de estos encargos y de esta manera expandió a nuevas áreas su lucrativo negocio.

24

Marga estaba en su pequeño apartamento de la calle Atocha con los ojos puestos en la televisión pero con la mente en otro lado. Las imágenes del informativo del mediodía se sucedían delante de ella haciendo que se perdiera aún más en sus oscuros pensamientos. Acontecimientos como que el narcotraficante Pablo Escobar se acababa de entregar junto a sus lugartenientes Carlos Aguilar, *El Mugre* y Otto o que en Sudáfrica se había puesto fin al *apartheid* no parecían importarle lo más mínimo. Tenía sus propios asuntos que resolver.

Sobre la mesa había varias de las fotografías que Carlos tomó en el viaducto el día que Rebeca se suicidó. Cogió una de ellas y se quedó contemplándola durante un buen rato. En la imagen aparecía el Sevillano. En los más de cinco años que estuvo en el centro de menores no pasó una sola noche en la que no pensara en él. Había imaginado una y mil veces verle arrodillado ante ella, suplicando clemencia, confesando sus crímenes. Cada vez que leía un libro, cada examen que hacía, cada cosa nueva que aprendía... tenía un único objetivo: encontrar al Sevillano. Marga observaba la foto como si en algún lugar de la imagen estuviera escondida la respuesta.

—Hoy le he pedido ayuda a un hombre que me provocaba un miedo atroz —comenzó a decir Marga—. Se llama Mirko y ni siquiera el Sevillano me daba tanto miedo... Su forma de hablar, de gesticular y esa fría manera de mirar, sin apenas parpadear ni apartar sus ojos de mí... Me hacía sentir desnuda, indefensa.

Volvió a dejar la foto sobre la mesa.

—... Llegué hasta él preguntándole a Doru, como tú me dijiste que hiciera. Pero no creas que fue tan fácil. Tuve que sobornarle para que abriera la boca. ¡Dos mil pesetas! Y no me sacó más porque no me dejé...

Hizo una pausa tratando de ordenar sus pensamientos.

—... Estaba convencida de que lo único que había que hacer con Mirko sería pagarle la cantidad que me pidiera y ya está, él se encargaría de todo y yo solo tendría que esperar. Pero me dijo que si no le daba un montón de información que no había más que hablar. Me pidió un millón de pesetas. ¡Nada más y nada menos! Vamos, no me lo pidió, me escribió la cantidad en una tarjeta. Y digo yo, con todo ese dinero, ¿no podía buscarse él solito la información?

—¿Y qué le has contestado? —preguntó Martín.

—¿Qué crees que le contesté? Pues que buscaría la información. ¿Qué otra cosa podía hacer? Me lo tomé como un todo o nada, como esto es lo que hay, vamos, que esto son lentejas... Así que si queremos seguir con esto hay que remangarse y meterse en el barro —sentenció Marga.

—Nunca nos ha costado hacerlo —afirmó Martín—. Y tampoco creo que sea un problema para nosotros darle a ese tío el dinero que pide.

—Tienes razón. Ahora tenemos dinero y tú y yo sabemos que el dinero abre bocas cerradas y también cierra bocas abiertas —dijo Marga—. Y los mendigos por unas cuantas monedas nos dirán todo lo que queramos.

—Tampoco creo que haya que derrochar, que últimamente estamos teniendo demasiados gastos —le recriminó Martin.

—¿A qué te refieres? ¿A la Señorita Caridad? ¿A quien estoy pagando un techo y dando de comer? ¿A eso te refieres? —se enfadó Marga—. Ella nos ayudó a nosotros, ¿o es que ya no te acuerdas? Pienso darle todo cuanto necesite y más...

—No te lo tomes así, Marga —se disculpó Martín—. Lo único que quiero decir es que controlemos un poco más...

—Ese dinero nos ha venido a consecuencia de una fotografía —dijo Marga—. No nos ha costado nada ganarlo. Nos ha venido regalado...

—¿Eso crees? —le interrumpió Martín—. Esa fotografía reflejaba la pérdida de una madre, el desprecio de la gente, la soledad, el miedo, el hambre... representaba el sufrimiento, algo que a la gente no le gusta ver...

—Es solo una foto, Martín —dijo Marga restándole importancia.

—Pero esa foto lo decía todo de ti y también de nosotros —replicó Martín.

—Por favor, no te pongas sentimental que sabes que no lo aguanto —dijo Marga adoptando un gesto de aburrimiento.

Se quedaron en silencio evitando que la discusión continuara.

—¿Por qué no hablas con la Señorita Caridad? —sugirió Martín—. Ella te dará toda la información que Mirko necesita...

—No. Ella no puede enterarse de nada de esto —negó Marga con rotundidad.

—Entonces tendrás que volver al viaducto —dijo Martín resignado.

Cuando Marga estuvo frente a las enormes columnas que sustentaban el puente, se descubrió a sí misma temblando. Se sentía como el hijo pródigo que después de un tiempo regresa al hogar sin saber si le iban a recibir con los brazos abiertos o le irían a echar a patadas.

Toda el área estaba plagada de desperdicios y olía a basura que tiraba para atrás. Sin duda, la Señorita Caridad no le había dicho toda la verdad. El viaducto parecía un vertedero, nada que ver con el lugar que Marga recordaba. Era imposible contar a simple vista el número de mendigos que se habían trasladado allí. Y como iba bien vestida y aseada, muchos de ellos se acercaron a ella a pedir limosna.

—¡No, no llevo nada encima! —dijo Marga con una sonrisa.

Pero los indigentes continuaban tendiendo la mano a su paso y suplicando unas monedas. De repente le pareció vislumbrar una cara familiar. Era el Inversor. Rápidamente se dirigió a su rincón, quizás uno de los pocos sitios que permanecían inalterados.

—¡Hola, Inversor! —saludó Marga—. ¡Veo que todavía sigues en este mundo!

El Inversor la reconoció al instante.

—¡Pero si es la pequeña de los Bolos! ¡Me alegro de verte, paisana! —se sorprendió el Inversor.

A Marga no le importó darle dos besos.

Ignacio Blanco Ramírez era un hombre trabajador y cabal como pocos. En Consuegra, pueblo en el que nació y donde de joven se dedicaba al pastoreo, era apreciado por todos tanto por su bondad natural como por su carácter afable. Se enamoró de la Primi, que a su vez rogaba por pasar el resto de su vida con él, y juntos se fueron a Madrid en busca del futuro que el pueblo no les podía dar. Establecieron su hogar en el barrio de Orcasur, en una casa baja en medio de barrizales, y allí tuvieron a sus dos hijos.

Para sacar adelante a la familia, Ignacio trabajó de pocero, de mozo de carga en el Mercado de Abastos, de acomodador de cine de barrio... Y era en este último trabajo donde su mujer y sus hijos encontraban su única distracción y entretenimiento. Los sábados y los domingos se juntaba toda la familia en el cine para acompañar a Ignacio y, de paso, ver un par de películas de sesión continua.

Pero el dinero que ganaba como acomodador no era suficiente y la imposibilidad de darles a su mujer y a sus hijos un hogar mejor, un mejor colegio, algún que otro capricho... y en definitiva una vida mejor, le hizo caer en una profunda depresión que prefirió soportar solo sin darle «tres cuartos al pregonero». No ofrecía explicación alguna sobre su sempiterno desánimo, se limitaba a evitar el tema y a huir de las preguntas comprometedoras que de manera pertinaz le hacía su familia. Y así, entre penurias económicas y problemas mentales, le vino a Ignacio gran parte de su vida.

A la Primi, fastidiada de las piernas por la artrosis, se la llevó por delante una camioneta mientras cruzaba la carretera de Carabanchel cargada con las bolsas de la compra. La mujer aún no había cumplido los sesenta años. Al poco tiempo, los hijos de Ignacio, ya mayores y trabajando, se casaron y se fueron de la vieja casa de Orcasur para vivir sus propias vidas.

A consecuencia de todo ello a Ignacio se le agravó la depresión. Estuvo de baja médica algo más de un año pero cuando llegó el momento de reincorporarse al trabajo su puesto de acomodador ya había sido ocupado. El dueño del cine se las ingenió para evitar a los sindicatos y, con un dinerillo extra, convenció a Ignacio de que el despido era lo mejor para él. Y de esta forma tan miserable le mandó al paro.

La exigua prestación por desempleo se le acabó a falta de tres años para la jubilación. Habló con sus hijos pero ninguno quiso hacerse cargo de él. A lo más que se comprometieron fue a darle una pequeña cantidad mensual de dinero para aliviar su maltrecha economía. Pero Ignacio era un hombre íntegro y no quiso sacrificar a sus hijos, uno mecánico y el otro cerrajero, que también se las veían y se las deseaban para llegar a fin de mes.

En uno de sus paseos matutinos por el cercano barrio de San Fermín, Ignacio vio por casualidad que acababa de abrir sus puertas un supermercado. Fascinado por la amplitud y belleza del nuevo comercio se acercó a la entrada y se fijó en el trajín de la gente en el local. Pensó en entrar pero como no tenía pensado comprar nada prefirió quedarse en la puerta. Entonces sucedió algo extraño. Una señora abrió su monedero y le dio diez pesetas. Ignacio hizo ademán de devolverle el dinero y de aclarar que él no era un mendigo pero luego lo pensó y se dijo a sí mismo que con lo poco que le dieran a la salida del supermercado tal vez pudiera afrontar sus gastos sin necesidad de pedir ayuda a sus hijos. Ignacio lanzó un profundo suspiro y extendió la mano. Y como era buena persona y eso se le notaba en la cara, no tardó en hacerse con un grupo de fieles y caritativas personas que le amparaban con sus limosnas. Y de esta forma, con el dinero que sacaba en el supermercado, pudo tirar para adelante.

Pero no todo lo que conseguía era para comer, pagar facturas y tomarse una Pepsi Cola de vez en cuando. Todas las semanas echaba una quiniela y, aunque no entendía de fútbol, con lo que escuchaba por aquí y por allá y con lo que él se imaginaba, rellenaba las catorce casillas. Y como si el destino quisiera recompensarle por toda una vida de sacrificios, llegó el día en que Ignacio acertó un pleno. Le tocaron cinco millones de pesetas que le sacaron del escollo.

Dejó de pedir en el supermercado, malvendió la casa de Orcasur y se compró un pisito algo más acogedor en San Fermín, le dio algo de dinero a sus hijos y todavía le quedaron tres millones largos para hacer lo que quisiera con ellos. Pero Ignacio no era derrochador y quería que el dinero le durara el mayor tiempo posible. Así que acudió a pedir consejo a una asesoría contable cerca de donde vivía sin darse cuenta de que era un nido de maleantes. Allí le explicaron que con el dinero que tenía y algo más que le pidiera al banco podía invertir en bienes inmuebles y en la Bolsa y obtener un rendimiento de por lo menos el veinte por ciento. Ignacio hizo sus cálculos y vio que la operación le interesaba para llegar a la jubilación sin pasar grandes apuros.

Con la hipoteca de su nueva casa pidió un millón al banco y, junto a los más de tres millones del premio de la quiniela, le entregó todo su dinero a la empresa contable firmando además un poder notarial que autorizaba a hacer y deshacer lo que se estimara mejor para sus intereses. Esa fue la última vez que Ignacio vio el dinero.

Los responsables de la asesoría adujeron en su defensa que las inversiones elegidas no dieron los rendimientos esperados y que los valores en la Bolsa cayeron en picado. El caso es que los chorizos de la empresa contable se quedaron con el dinero de Ignacio que fue la víctima inocente de una «estafa legal». La policía no pudo hacer nada pues el pastor de Consuegra les había concedido toda la potestad para manejar sus finanzas.

Solo pudo aguantar unos meses hasta que el banco se quedó con el piso de San Fermín por el impago del crédito. Después Ignacio, ignorado por sus hijos, no tuvo más remedio que volver a la puerta del supermercado, solo que ahora sin un techo donde dormir.

Marga y el Inversor estaban sentados a la mesa de un bar de la calle Sacramento, uno de los pocos locales donde no le hacían remilgos a los sin techo.

—Hacía tanto tiempo que no me comía unos churros que ya ni me acordaba de lo buenos que están —dijo el Inversor agradecido.

Partió un trozo de churro con la mano, lo mojó en el café con leche y se lo llevó a la boca.

—No hay un sitio en el mundo donde los hagan mejor que en Madrid —dijo mientras saboreaba el bocado.

—Las cosas parecen haber cambiado en el viaducto pero tú sigues igual... bueno, con menos pelo y algunas arrugas más —dijo Marga a modo de broma.

—Yo soy de lo poco que queda de nuestros tiempos de gloria —se lamentó el Inversor.

—Tampoco hace tanto tiempo desde la última vez que nos vimos... —comentó Marga quitándole importancia al asunto.

—Cinco años —matizó el Inversor—. En cinco años han pasado muchas cosas. Más de las que cabía esperar...

Se comió el último trozo de churro y se bebió todo el café.

—¿Puedo...? —Señaló a la taza y al plato vacíos.

—Sí, por supuesto —accedió Marga—. ¡Por favor...! Llamó la atención del camarero que faenaba tras la barra.

—¡... Otros dos cafés con leche y otra ración de churros!

—Mejor, unas porritas —susurró el Inversor.

—¡Disculpe! ¡En vez de churros, que sea una ración de porras! —rectificó Marga.

—¡Enseguida! ¡Dos cafés y una de porras! —confirmó el camarero.

El Inversor se lo agradeció a Marga con una sonrisa.

—Bueno, ¿y qué es lo que ha pasado en todo este tiempo? —preguntó Marga—. Algo me ha dicho la Señorita Caridad...

—¡¿La Señorita Caridad está contigo?! —preguntó el Inversor sorprendido.

—Sí, bueno... le estoy echando una mano —dijo Marga sin querer darle mayor explicación.

—Me alegro por ella. Es una buena mujer y a ti te quería mucho. ¿Y qué es lo que te ha contado?

—Nada concreto. Que si el Ingeniero ha tenido problemas con las drogas, que si la Tetona y el Caníbal están juntos, que si Paco Apuestas y la Robacasas ya no están... y cosas así —dijo Marga esperando más detalles.

—Pues tienes razón, no ha sido nada concreta —dijo el Inversor en un tono a mitad de camino entre la tristeza y el sarcasmo—. El Contable dejó el viaducto hace un año. Al parecer encontró trabajo en un almacén de suministros para albañilería y desde entonces no se ha vuelto a saber nada de él. La Leyenda falleció el invierno pasado por culpa de una gripe. Y por culpa de una sobredosis la palmó también el Ingeniero. Paco Apuestas y la Robacasas ya no están, pero por causas distintas. A Paco Apuestas se lo llevaron de Urgencias y poco después la diñó de una cirrosis y la Robacasas se largó con su príncipe azul. Lo que sí es cierto es que la Tetona y el Caníbal están juntos y bien juntos, hasta el punto de que cuando la Tetona se va a trabajar a la calle Carretas, él se va con ella y vigila para que no le pase nada malo. Vamos que no se separan ni de día ni de noche.

—Lo dices como si estuvieras leyendo la lista de la compra —le recriminó Marga desolada.

—¿Y qué crees, que no sufrí? ¿Que no lo pasé mal? —protestó el Inversor—. Pero las cosas pasan porque tienen que pasar y lo mejor que uno puede hacer es dejarlas en el pasado...

En ese momento el camarero les sirvió los cafés y las porras y después regresó tras la barra.

—¿Sabes algo del Sevillano? —preguntó Marga centrándose en el asunto que le había traído.

—A muchos cafés tendrías que invitarme para jugarme el cuello por ti —dijo el Inversor recostándose en la silla.

Marga sacó de la cartera un billete de mil pesetas y se lo puso delante. El hombre no tardó en cogerlo y en guardárselo en su deteriorado abrigo.

—¿El Sevillano? Mal asunto —comenzó a decir el Inversor mientras se comía una porra de dos mordiscos—. Desde que le echamos no se le ha vuelto a ver por el viaducto. Pero se habla mucho y se dicen cosas...

—¿Qué cosas? —le instó Marga.

—Que es un camello y que tiene una banda —contestó el Inversor con la boca llena—. Un grupo de perturbados como él que se dedican a dar palos a la gente en los parques...

—¿Qué parques? —preguntó Marga.

—Pradolongo, el parque Sur, a veces en la Casa de Campo...

—¿Y dónde se le puede localizar? ¿Dónde duerme...?

El Inversor lanzó un profundo suspiro y dudó unos instantes antes de contestar.

—En el Pozo del Tío Raimundo. Cerca de la plaza hay una vieja fábrica abandonada y medio derruida. La llaman el Castillo. Dicen que el Sevillano para por allí.

El Inversor se terminó el desayuno y se levantó de la mesa.

—No vuelvas por favor. No quiero problemas...

Y se marchó del bar.

25

Ese día Marga se vistió y se maquilló a conciencia pero no para estar guapa y esplendorosa sino para todo lo contrario. Quería volver a tener la apariencia de una mendiga y, si fuera posible, de una mendiga drogadicta. Había comprado la peor ropa posible en la Ribera de Curtidores, la que peor le sentaba, la rasgó, la ensució con grasa lubricante y la dejó varias horas dentro del cubo de la basura. Cuando se la puso apestaba a mendicidad. Abrió una lata de sardinas en conserva, se amasó el pelo con el aceite y por último se manchó la cara y las manos con hollín. Cuando se miró al espejo estaba segura de tener el repugnante aspecto que pretendía.

Marga salió de su apartamento y condujo su pequeño Renault Clio hasta el camino Barrio de la Celsa. No era buena conductora y le costó un mundo aprobar los exámenes del carnet de conducir pero después del cuarto intento y de dos renovaciones de matrícula al final lo consiguió. Desde el interior del vehículo vio a un grupo de gitanos jugueteando con un chucho al otro extremo de la calle. Recordó las palabras que le dijo el Chano en las Barranquillas sobre cómo tenía que actuar para parecer drogada. Aparcó el coche y fue al encuentro de los gitanos.

—¿Por aquí se va a al Castillo? —preguntó Marga con voz cansada.

—¡Ja, paya...! ¿Y para qué quieres ir tú ahí? —preguntó desconfiado el gitano que aparentaba mayor edad.

—¡Eso a ti no te importa una mierda! —dijo Marga haciéndose la bravucona.

Los gitanos se rieron y el perro se puso a ladrar.

—Vaya tía chunga que eres... —dijo el gitano fingiendo estar asustado.

—¿Me lo vas a decir o no? —insistió Marga.

—Sí, paya, claro que te lo digo... no sea que me vayas a pegar —bromeó el gitano delante de sus amigos—. Por ahí a la izquierda, pasando el polideportivo lo verás.

—¿Con eso vale? —preguntó Marga sin acabar de fiarse.

—Con eso vale —aseguró prepotente el gitano.

Marga siguió las indicaciones y, tras unos minutos de caminata, llegó a la fábrica abandonada conocida como el Castillo. Le sorprendió el incesante trasiego de gente entrando y saliendo del edificio, la mayoría mendigos y drogadictos o ambas cosas. Accedió al interior. La planta era enorme y estaba plagada de indigentes. Era como una oscura ciudad en pequeño. Avanzó entre colchones, cachivaches, fogatas y basura hasta que un mendigo le paró los pies.

—¡Eh, aquí no te puedes quedar! —advirtió el mendigo.

Era un hombre mayor, casi un anciano, y parecía ejercer cierta autoridad allí.

—No vengo a quedarme. Vengo a ver al Sevillano —dijo Marga.

—¿Vienes a pillar? —preguntó el mendigo.

—Sí, a eso vengo —afirmó Marga.

—Los yonquis y los camellos están arriba. Por esa escalera —señaló el mendigo con desprecio.

Marga le hizo un gesto con la cabeza en señal de agradecimiento.

—Tú no eres como nosotros... —se extrañó el mendigo.

Marga dudó un instante.

—Deberías irte a casa. Aquí no pintas nada —dijo el mendigo.

Marga se dio la vuelta y se dirigió hacia las escaleras.

La planta de arriba no era diáfana como la de abajo. Al final de la escalera había un rellano con tres pasillos. Se adentró en el de la derecha. Estaba muy oscuro y la luz intermitente de un tubo fluorescente a medio fundir le impedía ver el entorno con claridad. A ambos lados había habitaciones sin puertas. De una de ellas salió un yonqui que pasó de largo sin prestarle la menor atención. Siguió avanzando intentando acostumbrar la vista a la oscuridad. En el suelo vislumbró un reguero de sangre que se perdía por la habitación más alejada del pasillo, la única con puerta. Era la prueba de una de las muchas reyertas que se producían en el Castillo. De repente un hombre que pareció surgir de las sombras se abalanzó sobre Marga y le empotró contra la pared.

—¿Quiedez follad? ¿Eh? Vamoz a follad, fudzia.

El hombre era un yonqui de mediana edad a quien el uso excesivo de la droga le había dejado sin dentadura. Marga forcejeó hasta quitárselo de encima. Luego huyó hasta volver al descansillo.

—¡Ja, ja, ja, ja! ¡Code, code! ¡Zi no te follo yo, otdo lo hadá! —gritó el desdentado.

El terror se había apoderado de ella y apenas si le dejaba respirar. Rápidamente se adentró en el pasillo central confiando en perder de vista al hombre sin dientes. Lo que vio le dejó paralizada. A un lado del nuevo corredor había habitaciones, también sin puertas, y al otro una hilera de colchones pegados a las paredes dejaban un estrecho paso por el que caminar. Sobre los colchones los drogadictos se inyectaban la heroína o vomitaban dentro de cubos de plástico o dormían. El olor era nauseabundo. Observó el interior de la primera de las habitaciones y vio que el espectáculo era similar. Tan solo la luz de una bombilla colgada en mitad del techo del pasillo mal iluminaba todo el recinto. Era imposible apreciar los rasgos de las personas que tenía delante. Una joven salió de una de las habitaciones y avanzó por el corredor hacia Marga.

—¿Sabes dónde puedo encontrar al Sevillano? —le preguntó Marga en el momento de cruzarse con ella.

—Al final del otro pasillo —señaló la joven con desgana.

Era donde tuvo el encuentro con el hombre sin dientes. Llena de temor se dirigió de nuevo hacia allí. Se fijó en la habitación con puerta al fondo del pasillo y avanzó casi a ciegas guiándose por los tenues destellos del fluorescente.

—Haz vuelto. Zabía que te guztaba...

Era otra vez el yonqui desdentado.

—... Paza aquí conmigo, vedáz qué bien lo pazamod tú y yo.

Cogió a Marga del brazo, la arrastró al interior de una habitación, la arrojó sobre un colchón y se bajó los pantalones. Dentro había cuatro drogadictos más.

—Como el Sevillano se entere de que me has tocado un pelo te raja el cuello —le amenazó Marga presa del pánico.

—¿Conozed al Zevillano? —preguntó ahora atemorizado.

El desdentado volvió a subirse los pantalones.

—¿Follaz con él? Vale, vale, zi follaz con él yo pazo. Lo que ez del Zevillano no ze toca.

Marga escapó corriendo y se plantó delante de la última habitación del pasillo, donde conducía el rastro de sangre del suelo. Respiró hondo varias veces y luego golpeó la puerta con la mano. El mendigo conocido como el Rata no tardó en abrir.

—¿Qué quieres? —preguntó el Rata.

—Quiero ver al Sevillano —dijo Marga.

—¿Y tú quién eres? —volvió a preguntar el Rata.

—Una amiga —dudó Marga.

—¡Sevillano! ¡Aquí hay una churri que dice que es tu amiga! —anunció el Rata.

—¡¿Está buena?! —gritó el Sevillano desde el interior de la sala.

El Rata observó a Marga de arriba abajo.

—Pequeñita, pero para mí sí que está buena —apreció el Rata—. Pero como tú eres tan especialito...

—¡Déjala pasar! —ordenó el Sevillano.

—Entra —invitó el Rata.

La estancia estaba repleta de grandes armarios con barbitúricos, anfetaminas, jeringas hipodérmicas y, por supuesto, heroína...

—¿Te conozco? —preguntó el Sevillano sentado en un raído sillón de orejas.

—No —se apresuró a contestar Marga.

—Entonces no eres mi amiga —dijo el Sevillano—. ¿Qué quieres?

—Estoy interesada... en ganar un poco de dinero con...

Marga pensó un instante en la mejor definición posible.

—... el jaco.

Recordó que así llamaba el Chano a la heroína.

—¿Y quieres que yo te venda? —preguntó el Sevillano.

Marga asintió.

—¿Estás segura de que tú y yo no nos conocemos? —preguntó intrigado el Sevillano adentrándose en sus facciones.

—No... No nos conocemos... No te he visto en mi vida... Me acordaría... Alguien me habló del Castillo y de ti y pensé que podría hacer negocios...

Estaba nerviosa.

—Yo vendo al por menor. ¿Me entiendes? —aclaró el Sevillano.

—No quiero que me hagas ningún precio especial —dijo Marga—. Yo te compro el jaco y lo que yo le meta de margen es cosa mía.

Los indigentes que estaban allí no le quitaban los ojos de encima a Marga.

—Vale, está bien. Un cliente más. ¿Y cuánto quieres? —preguntó el Sevillano.

—Veinte papelas —dijo lo primero que se le ocurrió.

—No tienes el aspecto de poder pagar esa cantidad —observó el Sevillano.

—¿Lo dices por mi ropa? Solo trato de pasar inadvertida. Me dijeron que podía ser peligroso venir aquí vestida de otra forma —explicó Marga.

—Te dijeron bien... ¿Estás segura de que no nos hemos visto antes? —insistió el Sevillano.

—¿Hacemos el trato o qué? —le apremió Marga.

—¡Rata, veinte papelas para la señorita! —ordenó el Sevillano.

El Rata abrió uno de los armarios, cogió la droga, la metió en una bolsa y se la dio a su jefe.

—Treinta mil pesetas. Precio especial para ti —dijo el Sevillano.

Marga sacó un fajo de billetes de uno de los bolsillos del faldón, contó el dinero y se lo dio al Sevillano. A cambio este le entregó la bolsa con las veinte papelas.

—Me acordaré de dónde te he visto. ¿Me entiendes?

Marga recorrió el camino de regreso temblando y rebosada de ira. Cuando llegó a su apartamento lo primero que hizo fue tirar las papelas con la droga al inodoro y la ropa manchada a la basura, después se metió en la ducha y se quitó la mugre y el mal olor. La suciedad desapareció de la piel, pero lo que no desapareció fue la sensación mezcla de miedo y asco que le había calado hasta en el alma. Estar frente al Sevillano le hizo recordar los terribles hechos que habían marcado su vida, pero sobre todo le hizo recordar cuánto le odiaba.

—Ya ha pasado todo —le dijo Martín en un tono triunfal—. Ahora le tenemos controlado. Lo sabes, ¿verdad?

Marga no contestó. Se limitó a esbozar una perspicaz sonrisa.

26

Cosme Sanchidrián se recostó en el respaldo de la silla de su escritorio y cruzó las manos mientras pensaba en cómo iniciar la conversación.

—Me ha dicho mi secretaria que buscas trabajo —le dijo Cosme sin apartar la vista del escote de Natalia.

—¿Ah, sí? ¿Y qué más te ha dicho tu secretaria, si se puede saber? —preguntó Natalia con aparente indiferencia.

—Todo lo que tú le contaste por teléfono. Que te marchaste de casa de tus padres con tu hermana pequeña, que habéis estado dando bandazos por ahí y que por el tono de tu voz das la impresión de derrota —dijo Cosme.

—¿Tú me ves derrotada? —preguntó Natalia.

—Parece que algo malo te ha pasado —contestó Cosme.

Natalia bebió un sorbo de agua y luego se quedó mirando el aspecto de sus uñas como si en ese momento fuera su única preocupación.

—¿Cuántos años tienes, Natalia? —preguntó Cosme intrigado.

—¿Y cuántos años tienes tú, Cosme? —coqueteó Natalia.

—Treinta.

—Bonita edad para un hombre —dijo Natalia con una sonrisa provocadora.

—Tu edad —insistió Cosme.

—Dieciocho —respondió Natalia.

—Pareces más joven —advirtió Cosme.

—Todos me lo dicen —dijo Natalia.

—A mí no necesitas mentirme —sospechó Cosme.

—¿Cuántos años me echas? —continuó Natalia con su coquetería.

—¿Diecisiete? —sugirió Cosme.

—Dieciséis —contestó Natalia sin darle la menor importancia.

—Bonita edad para una chica —dijo Cosme—. ¿Y tu hermana?

—¿Te gustan más pequeñas? —dijo Natalia en tono seductor.

—¿Acaso crees que yo me propasaría con una menor? ¿O con una niña? —dijo Cosme haciéndose el ofendido.

Natalia sonrió incrédula y Cosme le devolvió la sonrisa.

—Mi hermana tiene once años —respondió Natalia.

Se quedaron callados unos instantes.

—¿Por qué os escapasteis de casa? —preguntó Cosme.

—¿Tenemos que hablar de eso ahora? —Natalia se mostró agobiada.

—Si vas trabajar para mí, sí —dijo Cosme algo más serio.

—Yo no he dicho que quiera trabajar para ti —dijo Natalia haciéndose de rogar.

—¿Ah, no? Y entonces ¿para qué llamaste a mi secretaria? —dijo Cosme.

—Vale, sí, necesito trabajo —dijo Natalia molesta.

—Pues entonces tengo que saber quién eres y dónde me voy a meter si le doy trabajo a una menor —insistió Cosme.

—¿Qué quieres que te diga? ¿Que me fui de casa porque mi padre es un borracho hijo de puta? —dijo elevando el tono de voz— ¿Que mi madre se largó hace meses abandonándonos a los caprichos de ese cerdo? ¿Que me llevé a mi hermana conmigo porque ya no podía soportar ver cómo le pegaba cada vez que bebía? ¿Quieres que te diga más? ¿Quieres que te diga cómo abusaba de mí desde hacía años y cómo empezaba a hacerlo con mi hermana?

Natalia apretó los dientes, respiró hondo y luego bebió un trago de agua.

—Todo eso que me cuentas es una putada... —convino Cosme.

—Una putada gorda —admitió Natalia.

—... Y ha sido muy sincero por tu parte —dijo Cosme.

—Tienes razón. No debería de habértelo contado. Apenas nos conocemos —dijo arrepentida—. Bueno, ¿vas a proponerme algo o qué?

Se apresuró a cambiar de tema.

—¿Cómo has dicho que conseguiste contactar conmigo? —preguntó Cosme desconfiado.

—No lo he dicho —confesó Natalia.

Cosme se echó hacia delante y cruzó las manos esperando una respuesta.

—A ver —comenzó a decir Natalia poniendo cara de aburrimiento—, hay alguien que trabaja contigo que conoce a alguien que conoce a una amiga que es amiga de una conocida mía que bla, bla, bla...

—Está bien, da igual, déjalo —le interrumpió Cosme—. Tengo una productora de vídeo y también una compañía distribuidora. Pero eso ya lo sabías, ¿no?

—Me gusta que me lo expliques tú...

Natalia se mostró ingenua a propósito.

—Produzco películas...

Cosme pensó unos instantes en la definición más apropiada.

—... picantes...

—Querrás decir porno —se aventuró a decir Natalia.

—... También escribo los guiones y las dirijo... —asintió Cosme.

—Seguro que tienes que echarle mucha imaginación a los argumentos —dijo Natalia en tono sarcástico.

Se acomodó en la silla y se cruzó de piernas volviendo a adoptar una actitud provocadora. Cosme le lanzó una rápida mirada al escote y se echó hacia adelante solo para comprobar lo corta que llevaba la falda.

—Mis películas no son de las que al final el chico se casa con la chica —bromeó Cosme.

—¡Pero que picarón eres! Seguro que te encanta filmar todas esas cochinadas —dijo Natalia guiñándole un ojo.

—Sobre todo si tengo la oportunidad de filmar a chicas tan guapas como tú haciéndolas —dijo Cosme suavizando el tono de voz.

Natalia también se echó un poco más hacia delante.

—No me puedo creer que haya personas a las que les gusta ver eso —dijo Natalia haciéndose ahora la recatada.

—Ni te imaginas cuantas —respondió Cosme.

—¿Y se gana mucho dinero? —preguntó Natalia.

—¿Cuánto gano yo o cuánto ganarías tú? —preguntó a su vez Cosme.

—Primero tú. —Le señaló con el dedo índice y luego se lo metió en la boca como si fuera un Chupa Chups.

Cosme se volvió a echar hacia atrás y a recostarse en el respaldo de su asiento.

—Cincuenta, sesenta..., a veces setenta pesetas por película... —comenzó a decir.

—No parece que eso sea demasiado dinero, supongo —comentó Natalia sin dejarle terminar de hablar.

—... Eso es lo que a mí me queda limpio por cada título que vendo. Pero de cada título vendo alrededor de sesenta mil copias en todo el mundo. Produzco alrededor de treinta títulos al año, así que solo has de hacer los cálculos para comprobar que mis beneficios son más que interesantes —reveló Cosme.

—Déjalo, lo mío no son las matemáticas —dijo Natalia de forma un tanto irreverente.

—A eso también habría que añadirle lo que gano por

el alquiler de las películas en videoclubs y por publicidad —continuó Cosme.

—¿Publicidad? —se extrañó Natalia.

—Artículos de *sex shop*, otros vídeos, revistas... Inserto sus anuncios antes del comienzo de la película y me pagan por ello.

—¡Menudo imperio te has montado! —exclamó Natalia—. Eres todo un empresario y un gran partido. Las chicas se volverán loquitas por ti...

—¿Y tú? —le preguntó Cosme en plan conquistador.

Natalia le miró a los ojos con tanta intensidad que parecía que estuviera buscando algo en su interior.

—¿Cuánto me pagarías a mí por ser una de tus actrices? —le susurró Natalia.

—Cincuenta mil por vídeo...

—Eres un tacaño, Cosme. —Se hizo la ofendida.

—Hay otras formas de ganar dinero... —dijo Cosme con una sonrisa.

—¿Ah, sí? ¿Y cuáles son? —se insinuó Natalia.

—Haciendo horas extras —dijo Cosme.

—Sigo pensando que eres un picarón. A mi hermana le caerías bien —dijo Natalia.

—Caerle bien a tu hermana podría valer cien mil pesetas —sugirió Cosme.

—Eso ya me parece más generoso por tu parte...

Natalia se desabrochó un botón de la blusa brindando a Cosme una visión algo más amplia del escote.

—No te imaginas lo generoso que puedo llegar a ser con los niños —dijo Cosme sin apartar los ojos de los pechos de la chica.

—¿Quieres que te la presente? —preguntó Natalia con voz dulce.
—Me encantaría —respondió impaciente Cosme.
—¿Ahora? —propuso Natalia.
—¿Por qué no? —aceptó Cosme.

Cosme conducía por la nueva autovía A1 en dirección Burgos. A su lado, en el asiento del copiloto, iba Natalia sin dejar de admirar los detalles del automóvil.
—¡Nunca había subido a un cochazo así! —exclamó Natalia.
—BMW serie 500. Como tú bien dices, un cochazo —dijo Cosme orgulloso.
—Un coche guapo para un hombre guapo...
Natalia se acercó a él y le besó con suavidad en la mejilla. Cosme sonrió sin apartar la vista de la carretera.
—Estaremos solos en la casa, ¿verdad? Tus abuelos no se irán a presentar de repente... —dijo Cosme.
Natalia se quedó callada.
—¿Qué pasa? ¿He dicho algo inconveniente?
—No, es que... te he mentido —dijo Natalia.
—No comprendo —se extrañó Cosme.
—Mi hermana y yo no vivimos con mis abuelos. Es una casa abandonada... O eso creo. Mi hermana y yo estamos allí de forma... —dudó un momento— ilegal.
Cosme se quedó pensativo.
—¿Eso es un problema para ti? —preguntó Natalia alarmada por su silencio.
—No, en absoluto —respondió Cosme.

—Por allí nunca va nadie —le tranquilizó Natalia.

Se desviaron de la autovía a la altura del kilómetro cuarenta y uno, dentro del término municipal de El Molar, y cogieron un camino vecinal hasta llegar a la pequeña casa a la que se refería Natalia. Cosme dejó el coche en un descampado cercano y cuando entraron en la vivienda un hombre escondido tras la puerta sujetó a Cosme por la espalda y le inmovilizó.

—¡Puto cabrón follaniños! ¡Te sacaría las entrañas aquí mismo, hijueputa...! —le espetó al oído.

Era el colombiano Miguel Restrepo que, como era costumbre en él, vestía un elegante traje de Armani de color gris oscuro.

—¡Vas a desear no haber nacido! ¡Malparido! —amenazó Miguel.

Mirko le hizo un gesto de aprobación a Natalia.

—Espera fuera —ordenó el de Zagreb.

Natalia salió de la casa satisfecha por su trabajo.

—No tienes cara de mala persona... —dijo Mirko después de observar a Cosme durante un buen rato.

—¡¿Qué quieres?! ¡¿Quién te envía?! —gritó Cosme intentando liberarse de la presa del colombiano.

—Seguro que hay varias personas con razones suficientes como para enviarme, pero en este caso solo hay una y no puedo decirte quién es —dijo Mirko con frialdad.

Bajaron a Cosme al sótano y una vez allí le desnudaron. Como se resistió tuvieron que golpearle varias veces. Le sentaron en la silla que habían dispuesto a modo de letrina, le ataron las manos a la espalda, le taparon la boca con cinta americana, le colocaron unos auriculares en los oídos, se los sujetaron a la cabeza con más cinta americana y le pusieron una capucha negra. Después Mirko conectó los auriculares a un reproductor de CDs, activó la función «bucle»...

—¡Disfruta de la música! —le gritó a la cara para que lo oyera.

... y subió el volumen al máximo. Después se marcharon llevándose el BMW de Cosme con ellos.

27

El interior del Castillo era un auténtico estercolero, un antro de podredumbre donde mendigos y yonquis se mezclaban creando una amalgama infame. Ambos deambulaban como zombis, unos en busca de un rincón libre donde afianzarse y dejar sus bártulos y otros en busca de una dosis y de un colchón donde «dormir la mona».

Miguel Restrepo entró en el Castillo y permaneció unos instantes a la entrada intentando acostumbrar la visión a la oscuridad reinante. Un par de fogatas le permitieron vislumbrar la enorme cantidad de gente que se apiñaba allí.

—¡Qué porquería de sitio! ¡Gonorrea! —exclamó Miguel para sus adentros.

Varios mendigos fueron a su encuentro atraídos por su aspecto de hombre de negocios.

—Una limosna...

—Por caridad...

—Ayuda, por favor...

Los indigentes se arremolinaban alrededor suyo.

—¡Déjenme en paz! ¡No tengo nada! —gritó Miguel intentando quitárselos de encima.

Pero continuaban llegando más y más, incluso alguno se atrevía a tocarle intentando descubrir dónde guardaba la cartera.

—¡Que se vayan a tomar por culo, he dicho! —clamó Miguel.

El colombiano se llevó la mano a la espalda y de la trasera del pantalón sacó una Glock de fabricación austriaca.

—¡Al que me vuelva a tocar le pego un tiro en la cabeza! —amenazó.

Los mendigos retrocedieron asustados y poco a poco regresaron a sus rincones.

—¡Malparidos! —maldijo Miguel en voz baja.

Se guardó la pistola y subió las escaleras hasta la primera planta.

Miguel Restrepo Gaviria era natural de Barranquilla, pero, apenas, cumplidos los catorce años su familia se trasladó a Cali por motivos de trabajo. Y aquella fue una mala decisión porque si en algún lugar nació el diablo ese lugar era Cali. La parca rondaba por las calles como un caleño más y era frecuente encontrar cadáveres pudriéndose en las aceras a los que nadie hacía caso y de los que todos pasaban de largo. Cada día los ajustes de cuentas mataban a más gente que los accidentes y las enfermedades. Los jóvenes aprendices de asesinos montaban de paquetes en las motos de baja cilindrada disparando a la carrera a los objetivos marcados por el cártel de turno, confiando en que esas muertes les sirvieran para prosperar en la jerarquía de la organización criminal a la que tanto admiraban.

Y como no podía ser de otra forma, Miguel acabó subiendo a una de esas motos para servir de prescindible sicario al cártel de Cali de los hermanos Rodríguez Orejuela. Con una frialdad inaudita para un joven de su edad y con una insultante falta de respeto por la vida, no tardó en recibir encargos cada vez más cercanos a los intereses directos de sus jefes.

Cuando sus padres se enteraron de que Miguel ya contaba con veintiséis cadáveres a sus espaldas antes de cumplir los dieciocho años, hicieron las maletas y regresaron a Barranquilla abandonando a su vástago en la ciudad del diablo. Y así, entre muertos y balazos a sangre fría, Miguel Restrepo prosperó en la organización y se convirtió en el guardaespaldas personal del mismísimo José Santacruz Londoño, «Chepe».

Mirko Luksic, que era amigo personal de «Chepe», a quien conoció durante su estancia en Cali, le pidió que le enviara a Madrid a un sicario de confianza para solucionar un ajuste de cuentas con un pequeño empresario. Miguel, que fue el elegido, cumplió con el encargo y luego con otro, y otro más... y el exceso de trabajo provocó que su estancia en España se prolongara más de lo debido. Y ese tiempo de más fue el que hizo que a Miguel le gustara la vida en Madrid y que decidiera, con el permiso de «Chepe», quedarse en la ciudad española.

Varios yonquis deambulaban de un pasillo a otro buscando algún colchón libre donde inyectarse la heroína.

—¡Puto asco, joder! ¡Aquí no se ve una mierda! —exclamó Miguel adoptando una mueca de desagrado.

No tardó en plantarse delante de él un drogadicto con la clara intención de robarle.

—¡Chico! ¡Menudo traje! Pareces sacado de un anuncio del Emidio Tucci ese —dijo el drogadicto.

—¡Es de Armani, hijueputa! —dijo Miguel.

Y se lo quitó de encima de un empujón.

—¡En su vida tendrá usted un traje así, gonorrea! —dijo mientras se limpiaba las manos con un pañuelo.

El colombiano caminó por el pasillo de la derecha hasta la habitación del fondo. Intentó abrir la puerta pero estaba cerrada. Golpeó varias veces con el puño. Unos pocos segundos después el Rata acudía a abrir.

—¡¿Por qué llamas de esa manera?! —preguntó el Rata molesto.

—¿Y cómo quiere usted que lo haga si no hay timbre? —protestó Miguel.

El mendigo sonrió y luego miró a Miguel de arriba abajo.

—¿Qué quieres? —preguntó el Rata.

—Hablar con el Sevillano —dijo Miguel.

—¿Para qué? —le preguntó el Rata bravucón.

—Déjale pasar, Rata —dijo el Sevillano desde el interior.

Miguel se adentró en la sala.

—¿Qué le pasa a ese tarado? —dijo Miguel refiriéndose al Rata.

—Que no se fía de nadie que vista mejor que él. ¿Me entiendes? —Sonrió el Sevillano.

Los cinco mendigos que le acompañaban se rieron con ganas.

—Vamos al asunto que este sitio apesta y no quiero permanecer aquí demasiado tiempo —dijo Miguel mirando con desprecio a su alrededor.

—Tú dirás —dijo el Sevillano recostándose en su viejo sillón de orejas.

—Gonorrea, le ha tocado la lotería. Mi jefe busca un «*díler*» y usted ha sido el agraciado…

—¿He sido el agraciado? Pues que bien —dijo el Sevillano con ironía.

—Mi jefe se lo explicará en persona. Tiene usted que venir conmigo —dijo Miguel.

—¿Y por qué no viene tu jefe aquí? —preguntó insolente el Sevillano.

—Porque no le sale de los huevos y porque quien da las órdenes es él —respondió Miguel aún más insolente.

—Y además de ser un puto chulo colombiano, ¿quién eres tú?, ¿su matón? —dijo el Sevillano plantando cara.

Miguel se mantuvo impertérrito ante la provocación.

—Cinco kilos de coca ya cortada. Buena de verdad. La mejor. Y eso solo para empezar —dijo Miguel.

El Sevillano miró a sus mendigos sin acabar de creerse lo que le estaba proponiendo.

—Me va bien con el caballo. Tengo un buen negocio. ¿Mc entiendes? —dijo el Sevillano.

—No parece tan bueno viendo el sitio donde usted se esconde —comentó Miguel en un tono sarcástico.

—Vale, imagina que acepto ser el camello de tu jefe. ¿Qué gano yo con eso? —se interesó el Sevillano.

—Las condiciones no las conozco. Lo que sí te puedo decir yo es que usted ganará dinero de verdad, que podrá salir de este tugurio, vivir en una casa con piscina y progresar.

—Para eso hacemos lo que hacemos, ¿no? —dijo Miguel encogiéndose de hombros.

—¿Dónde está tu jefe? —preguntó el Sevillano.

—Eso no lo puedo decir —respondió Miguel.

—¿Y quieres que vaya contigo a ciegas?

—Así es.

El Sevillano sonrió incrédulo.

—Después de que ustedes hablen, si no está interesado en las condiciones, yo le devuelvo aquí y nosotros no volveremos a saber de usted ni usted de nosotros. Esas son las reglas —explicó Miguel.

—Vale, está bien, acepto las reglas. Pero solo porque sois extranjeros y no tenéis ni puta idea de cómo funcionan aquí las cosas. ¿Me entiendes? —dijo el Sevillano levantándose del sillón—. Vamos a ver qué es lo que tu jefe tiene que decir.

El Rata y otro de los mendigos hicieron ademán de acompañarle.

—No. Usted solo —dijo Miguel con severidad.

El Sevillano les hizo un gesto para que se mantuvieran en sus posiciones y acompañó a Miguel hasta la salida del Castillo. Enfrente había aparcado un Peugeot 405 negro con los cristales tintados. Un hombre esperaba en el puesto del conductor. El colombiano abrió la puerta trasera y metió dentro al Sevillano. Luego entró él, le puso una venda en los ojos e iniciaron la marcha.

Evitaron las vías principales y transitaron por carreteras poco concurridas hasta llegar a la plaza de Leire en el barrio de San Fermín. Allí les esperaba un Ford Taurus azul oscuro. Miguel bajó al Sevillano del Peugeot y, sin quitarle el vendaje de los ojos, subieron al asiento trasero del Ford. Una vez dentro comenzaron un nuevo recorrido. Volvieron a sortear las carreteras principales y callejearon durante casi una hora hasta detenerse en la calle Maqueda en el barrio de Aluche. Allí volvieron a cambiar de coche, esta vez a un Mercedes clase E de color negro.

Después de otra hora dando vueltas tomaron la autovía A5 dirección Extremadura hasta el desvío de Pozuelo de Alarcón. Continuaron dando vueltas hasta la localidad de Boadilla del Monte y desde allí se dirigieron al polígono Ventorro del Cano. Aparcaron el coche enfrente de una pequeña nave industrial, Miguel y el conductor sacaron al Sevillano del Mercedes y le llevaron al interior de la nave. Una vez dentro, le quitaron la venda.

—¡Por fin! Hacía tiempo que te esperaba —dijo Mirko nada más ver al Sevillano.

—¿Tú... eres el jefe? —preguntó el Sevillano ligeramente aturdido por el viaje—. ¿La persona con la que tengo que tratar?

Mirko asintió de manera reverencial.

—Verás. Yo paso caballo, anfetas y a veces algo de costo. ¿Me entiendes? El colombiano me ha dicho que tú controlas coca —dijo el Sevillano yendo directamente al grano.

—¿Te va bien con tu pequeño negocio? —preguntó Mirko dando tiempo a sus hombres a que se situaran tras el Sevillano.

—No me va mal pero ha llegado el momento de dar un salto...

Miguel y el conductor del Mercedes sujetaron al Sevillano por la espalda.

—¡¿Pero qué coño es esto?! —preguntó sorprendido el Sevillano—. ¡Soltadme!

—Al parecer has cabreado a alguien —le dijo Mirko.

—¡No sé de qué me hablas! ¡¿A quién coño he cabreado yo?! —preguntó el Sevillano forcejeando por liberarse.

Mirko les hizo una señal a sus hombres que estos aceptaron como orden incuestionable. Arrastraron al Sevillano al sótano, le metieron en una habitación oscura, le encadenaron a la pared y después cerraron con llave.

—¡Qué coño estáis haciendo! —gritó el Sevillano—. ¡Estáis muertos! ¡Cabrones! ¡Muertos!

Mirko y sus ayudantes salieron de la nave y se alejaron del polígono.

Marga estaba tumbada en la cama intentando dormir, pero los pensamientos se atropellaban unos a otros creando en su mente un caos desesperante. Cuando recuperaba las imágenes de su niñez en la casona de Las Cepas una sonrisa embellecía su rostro pero cuando le asaltaban los recuerdos de los dos chicos golpeando a Martín en el jardín de la casa de Cosme se sumía en la más profunda de las tristezas. Melancolía, desolación, amor, odio, compasión, ira... sentimientos contrapuestos que la torturaban sin descanso. Había una puerta abierta que la encadenaba al pasado y que le impedía tener esa vida normal que tanto añoraba. Marga sabía que solo después de cerrarla se acabaría la terrible soledad que le asfixiaba y podría mirar hacia delante. Pero ahora se sentía en el fondo de un oscuro pozo cuya salida se alejaba por momentos.

—No hay elección. Tienes que aceptarlo de una vez por todas —dijo Martín.

—¡Vete, Martín! No quiero hablar contigo ahora —dijo Marga dándose la vuelta en la cama.

—Ahora no puedes rendirte. Tenemos que seguir adelante —le animó Martín.

—Cada vez estoy más cansada, Martín, y ya no sé si lo que estamos haciendo está bien o mal —dudó Marga.

—Si soportaba los golpes, si aguantaba el dolor era por ti, Marga, porque tenía la esperanza de sacarte del puente y de vivir como las personas —dijo Martín—. Tú eras mi escudo contra las palizas, mi única razón para resistir. Por favor, no te derrumbes ahora o nada de lo que nos pasó habrá servido para nada.

Marga lloraba desconsolada.

—Lo siento, Martín. Lo siento tanto...

—Muy pronto acabará todo y podremos descansar. Ya lo verás, confía en mí —dijo Martín en tono consolador.

28

Habían pasado más de dos semanas desde que Marga le hizo el «encargo» a Mirko y una semana desde que empezó el cautiverio de Cosme y del Sevillano. Desde entonces Marga había acudido a diario a la casa de pastores de El Molar donde, de manera puntual y sistemática, desconectaba la música durante un par de horas para que Cosme pudiera dormir. Pasado este tiempo volvía a subir el volumen y se iba de la casa hasta el día siguiente.

Preacherman, uno de los mayores éxitos de Bananarama, surgía poderosa de los altavoces integrados del Renault Clio. Bananarama se había convertido en el grupo musical de referencia de Marga desde que dejó el centro de menores. Tenía todos sus álbumes, desde *Deep sea skiving* hasta *Pop life* pasando por *True confessions*.

—¿Puedes bajar el volumen de esa música? —pidió Martín algo molesto—. Así no hay quien hable.

—Ah, ¿pero tenemos algo de qué hablar? —le dijo Marga.

—Entre hermanos siempre hay algo de qué hablar —dijo Martín.

Marga subió todavía más el volumen de la música y siguió el pegadizo ritmo con acompasados movimientos de cabeza.

—¿En algún momento le vas a hablar a la Señorita Caridad de todo esto? —preguntó Martín elevando la voz.

—¡Nunca! —respondió Marga al instante volviendo a bajar el volumen de la música—. Ya te dije que ella no debe enterarse.

—¿Y crees que al final no se va a dar cuenta? Te conoce, Marga, mejor de lo que te conocía madre. No se lo podrás ocultar por mucho tiempo —dijo Martín.

—Si somos listos no tiene por qué descubrirlo. Yo no hablaré de nada relacionado con el asunto y tú, Martín, te mantendrás alejado, como lo has hecho hasta ahora —le advirtió Marga.

—¿Te ha preguntado por mí últimamente? —preguntó Martín interesado.

—No —respondió Marga cortante.

—¿Y si te pregunta qué le dirás? —dijo Martín.

Marga lanzó un profundo suspiro.

—Le diré... que todo lo que he logrado en la vida ha sido gracias a ti y que te quiero con toda mi alma —respondió a regañadientes Marga—. ¿Te parece bien?

Se quedaron en silencio durante unos segundos.
—¿Llevas la comida? —preguntó Martín.
—Puré de patata y pollo. En el maletero —respondió Marga.

Pasaban de las diez de la noche cuando Marga llegó al Polígono Industrial Ventorro del Cano. Detuvo el coche enfrente del almacén que había alquilado quince días antes, cogió la comida del maletero y accedió al interior. Antes era el local de una ONG que empleaba para el almacenaje de alimentos, ropa y otros artículos destinados a la ayuda humanitaria. Sin embargo, ahora estaba completamente vacía de útiles.

Marga se dirigió a la mesa del fondo donde había una pila y un horno microondas. Introdujo el plato con el puré de patata y el pollo en el horno y programó un par de minutos.

—¿Lo crees necesario? —preguntó Martín.
—¿El qué? —preguntó a su vez Marga.
—Calentar la comida —dijo Martín.
—No es por necesidad, es por caridad —dijo Marga.
—Ya —sonrió Martín.

Cuando la comida terminó de calentarse Marga cogió el plato, llenó de agua un vaso de plástico y lo puso todo en una bandeja. Descendió una planta por las escaleras metálicas y avanzó por el pasillo hasta toparse con una puerta blindada. Apoyado en la pared de la entrada había un listón de madera de un par de metros de largo. Buscó la llave y abrió la puerta. Sin encender luz alguna, dejó la bandeja con la comida en el suelo y la empujó con el listón hasta adentro de la habitación. De repente el sonido de las cadenas alertó a Marga. Cerró la puerta de inmediato, volvió a dejar el listón en su sitio y se marchó de allí.

29

Marga conducía con la mirada puesta en la carretera, el gesto inquebrantable y un sinfín de dudas rondándole la cabeza.

—No has hablado desde que subimos al coche —observó Martín—. ¿Te pasa algo?

—Sabes muy bien lo que me pasa —contestó Marga malhumorada.

—No, no lo sé —dijo Martín esperando una aclaración.

Marga lanzó un profundo suspiro y luego se quedó pensativa durante unos segundos.

—Me siento como una criminal haciendo esto... —dijo Marga muy seria.

—Deja de sentirte culpable por querer destapar la verdad. Lo que hacemos no es un crimen, es justicia —dijo Martín.

—Es venganza —replicó Marga—. Y eso... no me deja pensar con claridad... me está volviendo loca.

—¡¿Quieres dejarlo?! ¡¿Es eso lo que quieres?! —preguntó Martín agresivo.

—No es eso, Martín. Sabes que no podemos dejarlo. Solo que quiero que esto acabe pronto —respondió Marga afligida.

Marga detuvo el Renault Clio cerca del Arroyo del Patatero, frente a la pequeña casa que antiguamente utilizaban los pastores y que ahora era de su propiedad. El reloj del salpicadero marcaba las once y diez de la noche. Cogió un táper de plástico del maletero, entró en la casa, encendió la luz, abrió las ventanas, revisó que todo estuviera en orden y bajó al sótano. Allí estaba Cosme Sanchidrián sentado en una silla, completamente desnudo, atado de pies y manos y con una capucha en la cabeza. La silla tenía un agujero en el centro que hacía la función de retrete. Debajo había dispuesto un barreño. Marga le descubrió la cabeza, le arrancó la cinta americana que le tapaba la boca y también la que le fijaba los auriculares a la cabeza.

—Este hombre cada vez huele peor —comentó Martín.

—Nada que un buen ambientador no pueda solucionar —dijo Marga.

Roció de perfume la estancia, luego se puso unos guantes de látex, cogió el barreño, tiró los excrementos a una bolsa de basura, le dio un enjuague y lo volvió a dejar debajo de la silla.

—¿Tienes hambre? —le preguntó Marga.

Cosme se limitó a mirarla con ojos cansados.

—¡Oh, perdona...! —se disculpó Marga.

Le quitó los auriculares de los oídos y desconectó el reproductor de CDs al que estaban conectados.

—¿Mejor así? —preguntó Marga.

Echó un poco de agua en una palangana y con una esponja le lavó la cara y el cuerpo.

—¿Tienes sed?

Cosme asintió con la cabeza en un gesto de derrota. La joven llenó un vaso de agua y le dio de beber.

—Despacio o te atragantarás —avisó.

Luego abrió el táper y le dio de comer un sándwich de atún. Cuando terminó con el sándwich sacó un trozo de tarta del recipiente.

—¿Le vas a dar tarta? —se extrañó Martín.

Marga sonrió.

—¿Tienes algo que contar? —preguntó Marga mientras le metía un trozo de tarta en la boca.

Cosme estaba agotado y apenas si tenía fuerzas para masticar.

—¡Te ha hecho una pregunta! ¡Contesta! —gritó Martín.

—¡¿Tienes algo que contar?! ¡¿Sí o no?! —insistió Marga elevando la voz.

Cosme negó con la cabeza. Marga le amordazó, le volvió a colocar los auriculares y a sujetarlos con la cinta americana, conectó el aparato de música, comprobó que el volumen estuviera al máximo, le tapó la cabeza con la capucha, se quitó los guantes, los tiró dentro de la bolsa de basura y se marchó de la casa. Subió al coche y cuando llegó al Arroyo del Patatero se detuvo, bajó la ventanilla y arrojó la bolsa al agua.

—Lo vamos a conseguir, Marga. Estamos muy cerca —dijo Martín.

—Lo sé —dijo Marga.

Y reanudó la marcha en dirección a Madrid.

30

Aunque Marga llegó al salón del bar del hotel Rex con diez minutos de adelanto, Mirko ya hacía tiempo que esperaba.

—Es usted muy puntual —le dijo Marga mientras tomaba asiento.

—Los resultados no son los deseados —dijo Mirko con frialdad ignorando el comentario—. ¿Cuánto tiempo quieres prolongar esto?

—Hasta que confiesen —contestó Marga segura de sí misma.

—No hablarán, al menos el Sevillano —dijo Mirko.

—¿Por qué cree usted eso? —preguntó Marga.

—Porque en su lugar yo no hablaría —respondió Mirko.

Marga intentó disimular la decepción de su rostro.

—¿Y Cosme? —preguntó desconcertada.

—Es posible —dudó Mirko.

—Pero... ¿y si no confesara? —preguntó Marga temiendo la respuesta.

Mirko se limitó a entregarle un pequeño paquete.

—¿Qué es? —preguntó Marga con curiosidad.

—Un vídeo —dijo Mirko—. El tipo de películas que hace Cosme Sanchidrián. No ha sido nada fácil de encontrar. Verlo quizá te ayude a tomar una decisión...

El de Zagreb se levantó de su asiento.

—Esto tiene que terminar ya. Mañana espero una respuesta —dijo Mirko mientras se ajustaba la americana.

Marga tardó una eternidad en asentir con la cabeza.

Nada más llegar a su casa Marga abrió el paquete que le había entregado Mirko. Dentro había una cinta de vídeo VHS. La carátula era totalmente negra con la ilustración en blanco de una calavera sobre la que estaba escrita en color rojo la leyenda «WARNING: EXTREMELY GRAPHIC». Insertó el cartucho en su reproductor VHS y se sentó frente al televisor sin imaginar lo que iba a ver.

La película comenzaba con una niña, tal vez una adolescente, tumbada boca abajo sobre un colchón en el suelo. En el audio se podían escuchar sus gemidos. Un hombre con el rostro oculto con una media en la cabeza entraba en el plano, se quitaba toda la ropa y se masturbaba ante la cámara hasta alcanzar la erección. Luego se acercaba a la niña, le daba la vuelta sobre el colchón, la desnudaba a la fuerza y la penetraba de manera salvaje. En ese momento la cámara cambiaba de posición para tener una mejor visión de la escena. La imagen avanzaba a trompicones hasta situarse justo por encima del hombro del violador. Los jadeos del hombre al ritmo de los empujones y los gritos de angustia de la niña eran la única banda sonora de aquella atrocidad. La cámara enfocó el rostro desfigurado por el dolor de la inocente víctima como si se tratara del momento álgido de la trama. Esa niña era ella y su violador el Sevillano.

No sintió lástima de sí misma, ni le horrorizaron las imágenes, ni le hicieron revivir el momento, ni siquiera recordó el dolor o la frustración o la impotencia que sufrió entonces. Lo que sintió fue rabia y un odio renovado. No quiso ver más. Apagó el televisor, extrajo el vídeo del reproductor y lo guardó en un cajón. Se vistió con unos vaqueros, un jersey y un abrigo corto de entretiempo, salió a la calle, recorrió los apenas treinta metros que separaban su casa del *parking*, cogió el coche y se dirigió al Polígono Industrial Ventorro del Cano.

31

Faltaban cinco minutos para las nueve de la noche y los pocos trabajadores que quedaban en el polígono daban ya por finalizada la jornada laboral. Ellos se iban y Marga llegaba.

—¿Tienes miedo? —preguntó Martín.
—Sí —respondió Marga.
—Yo también —dijo Martín.

Marga aparcó a la entrada del almacén, salió del coche, abrió el maletero, cogió la cámara de vídeo y el trípode y entró en la nave. Se dirigió a las escaleras metálicas del fondo y descendió hasta el sótano. Encendió la luz y avanzó por el pasillo hasta la habitación con la puerta blindada. Tenía los nervios a flor de piel y el corazón le latía con fuerza. Buscó la llave y desbloqueó el cerrojo. Respiró hondo y accedió al interior. El sonido de las cadenas le hizo retroceder un paso.

—Tranquila, Marga. No puede hacernos nada —le dijo Martín.

El olor era nauseabundo. El orín y los excrementos acumulados durante días hacían irrespirable el ambiente. Marga encendió la luz y cerró la puerta. En un rincón de la habitación permanecía agazapado el Sevillano como un animal hambriento esperando a saltar sobre su presa. La barba y la suciedad le conferían un aspecto brutal y amenazador. Cuando vio a Marga corrió hacia ella en un fútil intento de ataque, pero las cadenas que le mantenían cautivo le impidieron tan siquiera llegar al centro de la estancia. Tenía las muñecas ensangrentadas por el roce del metal con la carne.

—¡¿Quién eres, puta?! ¡¿Por qué me tienes aquí encerrado?! —bramó el Sevillano.

—¿Todavía no me reconoces? —preguntó Marga armándose de valor.

El Sevillano volvió a lanzarse sobre ella y las cadenas volvieron a frenar su propósito.

—El viaducto... una niña de doce años... su hermano de quince... —dijo Marga manteniéndose fuera de su alcance—. ¿Tan pronto lo has olvidado?

El Sevillano escudriñó a Marga durante un buen rato.

—Claro. Eres tú... —recordó por fin.

—Sí, soy la niña a la que violaste y que dejaste al borde de la muerte...

—Me acuerdo también de tu hermano. Me hizo ganar mucho dinero —se jactó el Sevillano.

Marga colocó la cámara de vídeo sobre el trípode y se dispuso a grabar.

—¿Qué vas a hacer con eso? —preguntó el Sevillano contrariado.

—Vas a confesar tus crímenes. Lo que le hiciste a mi hermano y lo que me hiciste a mí. Y lo voy a grabar con esta cámara y después le entregaré la cinta a la policía y te encerrarán en la cárcel —dijo Marga.

—¡Ni lo sueñes, perra! —gritó el Sevillano.

—Entonces continuarás aquí encerrado y yo te seguiré trayendo comida cada dos o tres días. No tardarás en enfermar o, lo que es peor, en coger una infección a causa de la podredumbre que te rodea. Morirás comido por los dolores y nadie se enterará. Estarás solo.

Marga se recreaba en sus propias palabras.

—Tú reza para que no consiga escapar. ¿Me entiendes? —amenazó el Sevillano.

—Eso no va a pasar, te lo aseguro —dijo Marga.

El Sevillano retrocedió al rincón y se quedó ahí durante un buen rato.

—Hagamos una cosa —comenzó a decir el Sevillano—. Quítame estas cadenas y lo confesaré todo.

—No me engañabas cuando era una niña y no me vas a engañar ahora —dijo Marga.

—¡Mira, mala puta...! —se revolvió el Sevillano—. Mis compañeros ya me estarán buscando. ¿Cuánto tiempo crees que tardarán en encontrarme?

—¿Quiénes? ¿Esos del Castillo? Por favor, no me hagas reír —dijo Marga forzando un sonrisa—. En cuanto les dé unas pesetas harán lo que yo les diga.

—¡Suéltame! —gritó el Sevillano tirando de las cadenas.

—¡Confiesa tus crímenes! —insistió Marga.

—¡Que confiese tu puta madre...!

Marga salió de la habitación y del almacén, caminó cincuenta metros hasta la esquina donde había una cabina telefónica, llamó a Mirko y, tras una corta conversación, regresó a la nave.

—¿Te estabas haciendo pipí? —preguntó socarrón el Sevillano cuando vio a Marga entrar de nuevo en la habitación.

Marga sacó un chicle del bolsillo de su pantalón vaquero, se lo metió en la boca y se sentó en el suelo sin apartar ni un solo instante la vista del Sevillano.

Mirko y Miguel apenas tardaron una hora en llegar al almacén.

—¡Eh, un momento! Vamos a tranquilizarnos todos... Seguro que podemos hacer un trato —dijo el Sevillano en cuanto reconoció a los dos matones.

—Ahí está la cámara —señaló Marga—. Confiesa lo que nos hiciste a mi hermano y a mí. Ese es el único trato posible.

—Vale, confesaré, confesaré —dijo el Sevillano sin parar de moverse—. A ver... ¿Por dónde empiezo...?

—Empiece por su nombre, hijueputa —le increpó Miguel.

Marga se situó tras la cámara, ajustó el *zoom* para evitar que en la imagen aparecieran las cadenas y comenzó a grabar.

—Sí, claro, mi nombre... Me llamo Ramón Ocaña

Cantalapiedra y a los dieciocho años maté a un hombre, pero ya pagué por ello. Diez años me metieron en chirona esos cabrones y cuando salí me convertí en un ciudadano modelo, en un alma de la caridad...

El Sevillano estalló en carcajadas.

—¡Perra, no voy a decir una mierda! ¡Jódete...!

Marga dejó la cámara y se refugió detrás de Mirko.

—¡... Y tú, colombiano cabrón! ¡No se dice hijueputa! ¡Aquí se dice hijo de la grandísima puta, que es lo que tú eres! ¡Tócame un pelo y tú y tu jefe estáis muertos! ¡Me vais a comer los dos la polla! ¡Arrastraos! ¡Pedazos de mierda! ¡A mí no me acojonáis! ¡¿Me entiendes?!

El Sevillano estaba fuera de sí.

—Es mejor que esperes arriba —le recomendó Mirko a Marga.

Marga asintió, recogió la cámara y salió de la habitación con una pesada sensación de derrota.

Alrededor de media hora después Mirko se reunió con Marga en la planta principal.

—Sigue sin decir una palabra —dijo mientras se limpiaba la sangre de las manos con un pañuelo.

Marga se quedó desolada.

—Miguel está abajo esperando —dijo Mirko instando a Marga a tomar una decisión.

—¿Usted qué opina? —preguntó Marga hundida en una cruenta lucha interna.

—Tú ya sabes lo que yo opino, pero quien decide no soy yo —dijo Mirko negándose a contestar.

—Déjele marchar —dijo Marga sin pensarlo.

—Ese hombre no debería salir con vida de aquí —advirtió Mirko.

—Eso ya no es su problema —dijo Marga.

—Vete a casa —sugirió Mirko—. Yo haré lo que sea mejor para todos.

Marga le miró fijamente a los ojos y de repente deseó no haberle conocido.

—Escúcheme bien, Mirko... Aquí no va a morir nadie y mucho menos bajo mi responsabilidad —dijo Marga de forma tajante.

—El cliente siempre tiene razón —apostilló Mirko aceptando la orden.

Marga salió del almacén y se marchó del polígono. Mirko y Miguel liberaron al Sevillano, le vendaron los ojos, le metieron en un coche y, después de hora y media de viaje, le abandonaron en un descampado cerca de la ciudad de Guadalajara.

32

Durante el trayecto Marga no intercambió una sola palabra con Martín. Detuvo el vehículo frente a la vieja casa de pastores que unos meses antes había comprado a precio de saldo y entró en la vivienda con el trípode y la cámara de vídeo. No abrió las ventanas para despejar el mal olor, directamente bajó al sótano y desconectó el reproductor de CDs. El cese del infernal ruido relajó a Cosme hasta tal punto que en ese instante defecó sobre el barreño situado bajo la silla-retrete.

—¡Madre mía! ¡Menudo cerdo! —exclamó Martín.

Marga le quitó la capucha, le arrancó la cinta americana que le tapaba la boca y le liberó de los auriculares.

—Se te acaban las oportunidades —le dijo Marga.

—Agua —suplicó Cosme.

La mujer cogió un vaso de plástico, lo llenó de agua y le dio de beber.

—Tengo hambre —dijo Cosme después de calmar su sed.

Hablaba muy alto, como si le costara escucharse a sí mismo.

—¡¿Cómo puedes aguantar ese olor?! ¡Es insoportable! —protestó Martín.

—Cuando me digas lo que quiero saber, comerás —dijo Marga.

—¿Qué? —preguntó Cosme.

Apenas podía oír a causa de la tortura.

—¡Que comerás cuando me digas lo que quiero saber! —gritó Marga.

Después de un largo silencio Cosme asintió lentamente con la cabeza. Marga le recortó la barba con unas tijeras y le afeitó con una maquinilla eléctrica. Luego cogió el trípode y la cámara de vídeo y los situó a un par de metros delante de él. Comprobó que tuviera dentro una cinta virgen y a continuación ajustó la imagen para que en la pantalla únicamente apareciera su rostro.

—¡Habla! ¡No perdamos más el tiempo...! —gritó Marga para que le oyera.

—¿Qué quieres que diga? —preguntó Cosme con voz cansada.

—¡Yo no quiero que digas una mierda! —gritó Marga—. ¡Lo que digas lo harás por propia voluntad! ¡Porque has decido confesar!

—¡Cuenta lo que hacías, cabrón! —apoyó Martín a su hermana—. ¡Explica el tipo de persona que eres!

—¿Puedo comer algo? —preguntó Cosme al borde del desmayo.

—¡No hasta que hables! —respondió Marga con firmeza.

Cosme tragó saliva, se irguió cuanto pudo y miró al objetivo. Marga presionó el botón de grabación.

—Hace... no sé, cinco o seis años... —comenzó a decir Cosme después de muchas dudas— filmé la muerte de un pordiosero...

—¡Para, para! ¡Esto no va bien! —dijo Marga interrumpiendo la grabación—. ¡Nada de «un», «varios», «algunos», ni «en un sitio» ni «no me acuerdo» ni «en ese año»...!

Se acercó a Cosme.

—¡Di cosas concretas, lugares concretos, fechas concretas, personas concretas con nombres y apellidos...! —le gritó Marga a la cara.

—¡Miserable! —apostilló Martín.

—Tal vez no lo recuerde con exactitud... —se quejó Cosme.

—¡¿Quieres volver a escuchar música?! —le amenazó Marga.

—Sí, de acuerdo, lo intentaré —respondió Cosme amedrentado.

—¡Y habla con un poco más de energía! ¡Que parece que te estás muriendo! —gritó Marga.

La joven volvió a situarse tras la cámara y a presionar el botón REC de grabación.

—Fue en 1986... —continuó Cosme con su confesión—. Desde hacía más o menos un año yo me dedicaba a filmar a mendigos peleándose o autolesionándose. Les daba algo de dinero y ellos hacían lo que yo les pedía. Al principio el negocio iba bien. Vendía los vídeos a buen precio a Rafael Márquez Hidalgo, un mexicano que a su vez los distribuía en su país y en algunas zonas de los Estados Unidos...

Cosme tenía que hacer grandes esfuerzos para expresarse con claridad. La debilidad y el agotamiento eran patentes en él.

—... Conocí a un pordiosero que se hacía llamar el Sevillano. Nunca me dijo su verdadero nombre. Él me facilitaba a los mendigos que luego yo filmaba y, a cambio, yo le daba a él una parte del dinero. Nos ganábamos bien la vida hasta que los vídeos de mendigos dejaron de interesar y el mexicano me propuso hacer otro tipo de vídeos... vídeos *snuff*...

Se tomó un respiro antes de seguir.

—... Rafael decía que conocía gente que pagaría enormes cantidades de dinero por ese tipo de películas. Le propuse el negocio al Sevillano y aceptó. Me trajo a un chaval con quien antes ya habíamos filmado algunos vídeos...

Cosme tragó saliva y apartó la vista del objetivo de la cámara.

—... y filmé su muerte.

Marga detuvo la grabación.

—¡Eso es demasiado genérico y no es suficiente! —le gritó Marga—. ¡Tienes que contar los detalles!

Cosme asintió apesadumbrado.

—Ocurrió en Fuenlabrada, en una nave del Polígono Industrial Cobo Calleja... El chico se llamaba Martín. Tenía una hermana pequeña que se llamaba Marga y que a veces le acompañaba. El Sevillano le ató a una silla y le mató. Yo lo grabé...

Marga volvió a detener el vídeo.

—¡¿Cómo le mató?! ¡¿Con qué lo hizo?! ¡Explícalo todo! —le ordenó a gritos.

Cosme se removió incómodo en la silla-retrete.

—... El Sevillano le pinchó con cuchillos..., le amputó varios dedos..., le rajó el estómago y le degolló... —explicó Cosme.

Marga se limpió las lágrimas con las manos.

—... Yo me fui a Ciudad de México con el vídeo. Allí Rafael organizó varios pases. Me dio mi parte del dinero y me pidió que le vendiera la única copia existente, pero yo me negué. Después de eso no volví a verle ni tampoco al Sevillano. Y eso es todo...

Cosme se quedó en silencio. Marga detuvo un momento la grabación.

—¡Seguro que todavía hay mucho más que contar! —dijo Marga.

—No sé qué más puedo decir —replicó Cosme.

—¡De lo que digas dependerá que continúes aquí encerrado! —le amenazó Marga de nuevo.

Cosme suspiró extenuado y volvió a fijar sus ojos en el objetivo.

—... Seguí con mi negocio de los vídeos de peleas y lo amplié al de los vídeos de sexo... Ahora es a eso a lo que me dedico. Yo me encargo personalmente de producir las películas de hacer las copias y de distribuirlas...

Hizo una larga pausa.

—... También tengo... soy el dueño...

Respiró hondo antes de continuar.

—... de un servicio encubierto de prostitución. Atiendo a las peticiones de algunas personas que pagan un extra por permanecer en el anonimato...

Miró a Marga unos segundos esperando un gesto en ella que le indicara que ya era suficiente. Pero eso no sucedió.

—... Las chicas que trabajan en este servicio son de distinta procedencia... españolas, quizá marroquíes o rumanas o sudamericanas... —continuó Cosme—. Yo no les pregunto de dónde vienen ni si están o no en situación legal. Tampoco les pregunto por su edad... Sencillamente no hago preguntas.

Volvió a permanecer callado unos segundos.

—...Con esas mismas chicas hago los vídeos. Les pago dinero por su trabajo y... están bien atendidas... No les falta de nada...

Cosme terminó su confesión con la dirección de la casa donde daba alojamiento a las chicas y con los nombres de algunos de sus clientes más habituales. Marga pulsó el botón de PAUSA de cámara y se acercó a un palmo de Cosme.

—¿Dónde está el cuerpo de Martín? —preguntó muy despacio.

Cosme aguantó solo un instante la mirada envenenada de Marga. Luego respiró hondo y esperó a que su captora reanudara la grabación.

—En la carretera de Fuenlabrada a Villaverde, dos kilómetros antes de llegar al cruce con la carretera de Toledo, a la derecha hay un desguace y detrás un descampado —contestó sin atreverse a mirar a Marga a los ojos—. Está enterrado al pie de la primera encina...

Marga bebió un poco de agua, abandonó la casa, subió a su coche y recorrió el camino de regreso hasta la autovía A1. Ni ella ni Martín dijeron ni una sola palabra sobre lo que había sucedido. Después de unos veinte kilómetros de carretera, Marga tomó el desvío a San Sebastián de los Reyes y detuvo el vehículo frente a la primera cabina telefónica que encontró. Hizo una llamada y cuando terminó la conversación volvió a reiniciar la marcha hacia Madrid.

Un par de horas más tarde una furgoneta aparcaba delante de la casa de pastores. Miguel Restrepo salió del interior, entró en la vivienda, desató a Cosme, le vistió y le metió dentro del vehículo. Luego regresó con una lata de gasolina, limpió cualquier rastro que pudiera delatar que allí hubo un hombre retenido por la fuerza y prendió fuego a la casa.

Los dos policías de servicio se miraron extrañados al escuchar el insistente sonido del claxon en la entrada de la comisaría. Cuando acudieron a la puerta la furgoneta ya se había ido dejando a Cosme tirado en el suelo con la cinta de vídeo de su confesión atada al cuerpo.

33

«¿Dónde estará Martín ahora?» «¿Estará allí junto a ellos presenciando su propio funeral?» «¿O se habrá ido ya adonde sea que vayan las personas después de morir...?», se preguntó Marga mientras se cobijaba bajo el paraguas de la Señorita Caridad. Aquellas preguntas dieron paso a otras que conducían de manera inexorable a ese momento y a ese lugar. «¿Por qué tuvo que morir su madre aquel diecisiete de enero de 1986 sin que ni ella ni su hermano pudieran hacer nada por salvarla?» «¿Qué cruel casualidad hizo que su muerte coincidiera con la peor tormenta en años?» «¿Por qué tuvieron que quedarse aislados en el monte?» «¿Por qué tuvieron que marchar a Madrid a pedir ayuda a alguien a quién ni siquiera conocían?» «¿Por qué tuvieron que cruzarse con el Sevillano?» «¿Por qué no se quedarían en Los Yébenes...?»

Entonces Marga sintió un intenso odio. Maldijo el día en el que conoció al Sevillano y maldijo los días en los que había conocido a Cosme y a la Tetona y al Contable y al Ingeniero y a Paco Apuestas... Y también maldijo el día en el que conoció a la Señorita Caridad porque de no haberla conocido Martín seguiría vivo. Clavó su mirada encendida en ella pretendiendo hacerle culpable de todo pero se encontró con una compasiva sonrisa que le desarmó por completo. Y de repente los pensamientos oscuros desaparecieron. Quería tanto a la Señorita Caridad...

«¡Por fin Martín iba a recibir santa sepultura!» Aunque habían pasado más de seis años, sin embargo, Marga tenía la sensación de que su hermano había muerto ese mismo día. Al menos así lo sentía en su corazón. Observaba la solitaria calle flanqueada por edificios de sepulcros imaginando a los fantasmas de los muertos asomándose a sus nichos para dar la bienvenida a su nuevo vecino. También se imaginó al Sevillano suplicando por su vida antes de ser degollado y enterrado en el mismo lugar donde antes él había enterrado a Martín. Le imaginó a las puertas del infierno esforzándose por convencer al demonio portero sobre su inocencia y acabando su discurso con un «¿Me entiendes?». Marga disimuló la levísima sonrisa que se le había dibujado en los labios y de inmediato recuperó la compostura.

Como era habitual a finales de noviembre y como no podía ser de otra forma en una mañana de entierro, hacía frío y estaba lloviendo. El de Martín era el único sepelio que se estaba llevando a cabo a esas horas en el cementerio de Carabanchel.

A Marga le hubiera gustado estar rodeada de personas que desfilaran delante de ella acompañándole en el sentimiento por tan irreparable pérdida. Pero solo la Señorita Caridad y Carlos permanecieron a su lado hasta que los empleados del camposanto, tras pedir cumplido permiso, introdujeron el féretro en el nicho, taparon el hueco con la losa y la sellaron.

34

Tras comprobar la veracidad de la confesión de Cosme, se abrió una investigación y el juez encargado del caso requirió a Marga para declarar en el juicio. Eso no le preocupaba en absoluto pues sabía que, tarde o temprano, tendría que hacerlo. Además, estaba segura de que no la relacionarían con el «presunto» secuestro de Cosme puesto que Mirko lo había dispuesto todo de tal forma que no hubiera nada que le pudiera incriminar a ella. La policía lanzó una orden de búsqueda contra el Sevillano, como principal sospechoso del asesinato de Martín, pero no consiguieron detenerle. Tenía muchos «amigos» y muchos ojos vigilando para él y daba la sensación de ir siempre varios pasos por delante de la policía.

Hacía ya un tiempo que Marga y la Señorita Caridad vivían juntas. Se habían trasladado a un piso de dos habitaciones en la calle de Alberto Aguilera que, aunque no era demasiado grande, había espacio de sobra para las dos. Menos comodidades tenían en el viaducto y ninguna se quejó.

La Señorita Caridad se levantaba todos los días a eso de las siete de la mañana, se aseaba, desayunaba, limpiaba la casa, hacía la compra, cocinaba... y si le daba tiempo se iba a dar una vuelta a El Corte Inglés de la calle Princesa que le pillaba al lado. Mientras tanto Marga se quedaba en la cama durmiendo hasta la hora de comer y cuando se levantaba era como un zombi deambulando con dejadez por la casa. La Señorita Caridad, preocupada por su constante apatía, intentó repetidas veces hablar con ella, pero cada vez que lo hacía se encontraba con las mismas evasivas de siempre.

Aquel domingo de finales de noviembre Marga estaba echada en la cama sin poder dormir secuestrada por tortuosos pensamientos. Como muchas otras noches, le invadía el temor de ver al Sevillano colándose en su habitación con la intención de violarla una vez más y quién sabe si también de acabar con su vida. Y como muchas otras noches, recordaba las palabras de Cosme explicando ante la cámara las atrocidades que cometieron con Martín.

—Es duro que te cuenten cómo me torturaron —dijo Martín apenado.

—Lo es —asintió Marga.

—Uno de los que lo hicieron lo va a pagar con la cárcel pero todavía falta otro —se lamentó Martín.

—Esto se tiene que acabar —dijo Marga.

—No te entiendo —dudó Martín.

—El Sevillano nunca va a admitir su culpa y yo no quiero dedicar el resto de mi vida a perseguirle —dijo Marga.

—Lo haremos juntos. Yo estaré contigo...

—No Martín. Estoy cansada. Necesito pensar en cosas normales. En mis estudios, en el trabajo... vivir como lo hacen las personas normales.

—¿Y vamos a dejar que el Sevillano siga por ahí como si no hubiera pasado nada? —preguntó incrédulo Martín.

—Te quiero Martín pero ya no tengo fuerzas —dijo Marga como si estuviera soportando ella sola el peso de un edificio.

Se dio la vuelta en la cama y cerró los ojos con la esperanza de que el sueño le llegara pronto.

—Mi niña...

Era la Señorita Caridad desde el umbral de la habitación.

—¿... Con quién hablabas? —preguntó extrañada.

Marga se sentó en la cama de un sobresalto.

—Yo... con nadie. No hablaba con nadie —titubeó Marga.

La Señorita Caridad se quedó mirándola fijamente a los ojos, se sentó a su lado y le cogió las manos.

—Te he oído, Marga. Y las otras veces también —dijo la Señorita Caridad en tono compasivo.

Marga observaba a la Señorita Caridad como si no comprendiera lo que le estaba diciendo.

—Hablas con tu hermano —afirmó la Señorita Caridad.

—Yo... no... —vaciló Marga.

—¿Es por el Sevillano, verdad? ¿Es esa la razón por la que hablas... con Martín? —preguntó la Señorita Caridad intentando encontrar una explicación lógica.

Un denso silencio se adueñó de la habitación. Marga se sentía acorralada. Miraba a un lado y a otro como si buscara un sitio por dónde escapar.

—Él... me dice que tenemos que encontrarlo —dijo Marga por fin.

—¿Martín? —preguntó la Señorita Caridad.

—Sí —respondió Marga en un tono casi imperceptible.

En ese momento la Señorita Caridad sintió una profunda lástima.

—Martín está muerto, mi niña. Lo enterramos —dijo la Señorita Caridad.

De repente Marga pareció ser consciente de una verdad que permanecía escondida en su mente desde que ingresó en el centro de menores.

—Pero... yo... oigo su voz. Me dice... cosas, cosas lógicas... Martín quiere que el Sevillano pague por lo que le hizo, por lo que nos hizo a los dos... —dijo Marga angustiada.

Respiraba tan deprisa que parecía que se estaba asfixiando.

—Yo... necesito que alguien me ayude. Señorita Caridad, ayúdeme, por favor —suplicó y después se derrumbó en lágrimas.

—Marga, escúchame mi niña...

La obligó a mirarle a los ojos.

—... Yo te voy a ayudar —dijo con dulzura la Señorita Caridad.

35

Las fiestas navideñas habían llegado. Madrid se engalanaba de luces multicolores y los mendigos se preparaban para asaltar las calles embutidos en ropa de abrigo. La Navidad era buena época para los indigentes. La gente no dudaba en dar dinero a los más necesitados aunque solo fuera para dar ejemplo de humanidad a sus hijos. La misericordia aparecía como por arte de magia, la caridad se despertaba y las conciencias se limpiaban a base de generosas limosnas.

La Señorita Caridad llegó al viaducto de Segovia pasadas las nueve de la mañana.

—¡Tetona! ¡Caníbal! —voceó a la entrada del cobertizo.

El Caníbal no tardó en salir.

—¿Te he despertado? —dijo la Señorita Caridad a modo de disculpa.

—No. Ya estábamos despiertos. Tenemos una pequeña estufa dentro y aquí fuera no hay quien pare del frío que hace —se quejó el Caníbal.

En ese momento salió la Tetona.

—Hola, Señorita Caridad —saludó.

—Buenos días, Tetona —le devolvió el saludo—. ¿Tenéis mis cosas?

—Tu ropa y poco más. El resto te lo han rapiñado...

El Caníbal señaló a los pocos mendigos que deambulaban a esas horas por el puente.

—No te preocupes, tampoco tenía nada de valor —le dijo la Señorita Caridad sin darle mayor importancia—. ¿Os importa que me cambie dentro?

—Mi choza es tu choza —invitó el Caníbal.

La Señorita Caridad entró en el chamizo se quitó lo que llevaba puesto y se vistió con su vieja ropa de mendiga. Entre sus enseres estaba el suplemento dominical de *El País* con la foto de Marga en la portada y una navaja. Cogió la navaja y salió fuera.

—¿Se puede saber a qué viene esto? —preguntó la Tetona.

—No, Tetona. No se puede saber. Nada bueno te traería saberlo —respondió la Señorita Caridad.

—Allá cada uno con su conciencia —dijo la Tetona encogiéndose de hombros.

—¿Anda el Bielas por aquí? —preguntó la Señorita Caridad.

—En su sitio debe estar —dijo el Caníbal.

—Hasta pronto, amigos —se despidió la Señorita Caridad—. Que sepáis que os estoy muy agradecida.

La Señorita Caridad cruzó la calle Segovia, se plantó

al otro lado del puente y se dirigió a la trasera de la primera columna. Allí dormía un joven envuelto en una pila de mantas.

—¡Bielas! ¡Despierta! —gritó la Señorita Caridad—. ¡Vamos, que no son horas de dormir!

El Bielas se destapó la cabeza y observó a la Señorita Caridad con el ojo pegado.

—¡Joder, Señorita Caridad! ¡¿Qué cojones quieres?! —protestó.

—Ha llegado el momento de que me devuelvas el favor —dijo la Señorita Caridad.

El Bielas se desperezó y se levantó del colchón de mala gana.

—Vale, ¿qué quieres que haga? —preguntó el Bielas después de lanzar un largo bostezo.

José Rodelgo Mohedas era un ladrón de coches de poco más de veinte años considerado por la policía como un delincuente habitual. Se jactaba de ser un especialista en huidas que se conocía todas las calles de la ciudad, las vías principales, las rutas alternativas... Su habilidad para la conducción le convertía en un valioso elemento para las escapadas por lo que los chorizos se lo rifaban y no urdían un plan sin antes contar con su aprobación.

Pero el problema de José es que la policía lo tenía calado y bien calado. Conocían su *modus operandi*, por dónde paraba, dónde vivían sus padres, los coches que robaba, las bandas que frecuentaba... Se vio obligado a refugiarse en el viaducto con el fin de desaparecer por un tiempo del mapa delictivo de Madrid y así dejar de ser objetivo de la justicia.

La Señorita Caridad le acogió como si fuera un hermano, le ayudó a instalarse, le proveyó de todo cuanto necesitó y le echó un cable cada vez que la policía rondaba cerca.

En su vida de mendiga la Señorita Caridad había conocido a gente buena y también a gente mala pero esa noche no tuvo más remedio que rodearse de gente muy mala. El Bielas le pidió ayuda sin concesiones al Calamar y al Orco, dos antiguos compañeros de fechorías, sin lugar a dudas lo peor del barrio de Pan Bendito. Al primero le llamaban el Calamar porque tenía tal destreza en las peleas que en lugar de con dos manos parecía que golpeaba con ocho, como los tentáculos de un calamar. Y al Orco le llamaban así porque era una mala bestia de ciento veinte kilos y un metro noventa que tenía amedrentado a todo el vecindario.

El Calamar y el Orco entraron al interior del Castillo alrededor de las tres de la madrugada. A esas horas la mayoría de los mendigos de la planta principal ya estaban durmiendo. Avanzaron entre trastos hasta la escalera del fondo y subieron a la planta de arriba. Se adentraron en el pasillo de la derecha y se dirigieron a la última habitación. Apenas quedaban yonquis en los corredores y los pocos que quedaban estaban tirados sobre los colchones bajo los efectos de la heroína. El Orco llamó a la puerta.

—¡Está cerrado! —advirtió el Rata desde dentro.

El Orco volvió a golpear la puerta esta vez con más fuerza.

—¡He dicho que está cerrado! —dijo el Rata nada más abrir.

Se acababa de despertar y tenía los ojos enrojecidos por el sueño. El Orco no le dio opción a seguir hablando. Le sacudió un puñetazo en la mandíbula que le proyectó hasta el fondo de la habitación. Los otros cuatro mendigos, que hasta ese momento roncaban a pierna suelta, se despertaron sobresaltados, esgrimieron sus navajas y se abalanzaron sobre los dos intrusos pero a estos no les costó demasiado deshacerse de ellos a base de mamporros. El Sevillano estaba sentado en su camastro observando alucinado la pelea.

—¿Tú eres el Sevillano? —preguntó el Calamar.

—¡¿Y quién coño sois vosotros?! —preguntó a su vez el Sevillano.

—¡Somos los que te van a fundir a hostias si no vienes con nosotros ahora mismo! —amenazó el Calamar—. ¡Vístete!

El Orco rebuscó por toda la estancia hasta encontrar la billetera del Sevillano. La abrió y comprobó que hubiera dinero dentro.

—Aquí hay mucha pasta ¿Es tu cartera? —preguntó el Orco.

—¡Sois unos putos chorizos de mierda! —exclamó el Sevillano.

—El dinero no es para nosotros, es para una obra de caridad —comentó sarcástico el Calamar.

Una vez hubo terminado de vestirse, el Orco agarró al Sevillano por el pelo y lo arrastró por todo el recinto hasta la calle. El Calamar abrió la puerta trasera del SEAT Toledo nuevecito que el Bielas había robado hacía un par de horas, entraron dentro y sentaron al Sevillano entre los dos.

—¡¿Me vais a decir de una puta vez de qué cojones va esto?! —preguntó el Sevillano desconcertado.

En ese momento reconoció a la Señorita Caridad en el asiento del copiloto.

—¡Hija de puta, Caridad...!

El Calamar le pegó un codazo en la boca que cortó de cuajo su habitual sarta de insultos, además de saltarle dos dientes.

—¡Habla bien, coño! —ordenó el Calamar.

La Señorita Caridad se giró hacia atrás y clavó sus ojos en los del Sevillano.

—Hace mucho que no nos vemos —dijo la Señorita Caridad con gesto serio.

—¡Vete a tomar por culo! —bramó el Sevillano.

El Orco le cogió la mano izquierda y le partió los dedos índice y anular. El Sevillano lanzó un prolongado grito de dolor y se orinó encima.

—¡Joder, que asco! ¡Este tío se ha meado en los pantalones! —protestó el Calamar—. ¿Podemos darnos prisita que aquí apesta?

El Bielas puso el coche en marcha, abandonó presuroso la zona y en menos de treinta minutos llegaron a la calle Bailén.

—¡Feliz Navidad, Sevillano! —dijo la Señorita Caridad con voz contenida.

El Orco metió la billetera con el dinero en un bolsillo del pantalón del Sevillano, le cogió en brazos como una madre cogería a su bebé, lo sacó del coche, se dirigió al borde del viaducto de Segovia y lo arrojó al vacío. El grito de pánico del Sevillano se vio interrumpido en el momento del impacto. Al instante una turba de mendigos se arremolinaba en torno al cadáver buscando los tesoros.